おれのおばさん

佐川光晴

JN287245

集英社文庫

おれのおばさん

1

　ぼく、わたし、おれ、わし。我輩、拙者《せっしゃ》、俺様。英語ではIだけですませる一人称が、日本語には今あげただけで七つもある。

　ぼくは、ずっと「ぼく」だった。学校や家では「おれ」と言っていたけれど、それは親や友達の前でのことで、ひとりでいるとき、ぼくは自分を「ぼく」だと思っていた。

　そう気づいたのは、小学五年生のバレンタインデーだ。夕方、塾に行くしたくをしていると、クラスの女の子が家に来て、ぼくは花模様の紙包みをわたされた。

　できたばかりのマンションに引っ越してきた子で、とてもかわいいし、おしゃれで、勉強もよくできる。玄関で一部始終を見ていた母は彼女が気に入らなかったようだが、初めてもらうバレンタインチョコでもあり、ぼくはとにかくうれしかった。

〈わたしは陽介《ようすけ》くんのことが大好きです。わたしも中学は私立に行くので、学校は別々になっても、ときどき電話やメールで連絡できたらうれしいし、駅のホームで見かけたときは手をふるね。一年以上も先のことなのに、図々《ずうずう》しくてごめんなさい。来年もチョコレートを贈らせてください。　山崎《やまざき》みさき〉

「本当に図々しいわね」

母に見つかったらそんな文句を言われそうで、ぼくは急いで手紙をスポーツバッグの底に隠した。そのあと塾にむかって自転車を走らせながら、ホワイトデーにはお返しをしなければと気づき、手紙もそえたほうがいいのだろうかと考えるうちに、ぼくは自分が「ぼく」であることを発見したのだ。

それから二年四ヵ月ほどがすぎ、中二になったおれは、自分が「おれ」になっていることに気づいた。ついでに、四人部屋での暮しにもけっこうなれてきたのを情なく思うべきなのか、それともひと月足らずで適応した自分を誇らしいと考えるべきなのか悩んだせいで、起きだすのがいつもより五分遅れた。時刻は五時五十分。例によってほかの三人はまだ寝ている。おれは枕元のラジオとテキストを持ち、音を立てないように部屋を出た。

廊下にはご飯の炊けるにおいと魚を焼くけむりがただよっていて、洗面所を出たところで、調理場から出てきた恵子《けいこ》おばさんと鉢合わせになった。

「おはようございます」

「おはよう。まあ、ご苦労さんだね。卓也《たくや》は寝てるの」

「はい」

「起こしてやればいいのに」

おれが返事をしないでいると、おばさんは背中のひもを解いてエプロンをはずした。汗ばんだTシャツから乳首が浮き出ている。

「なにさ。なんか見える」

あわてて目を伏せようとするおれに平らな胸を張ってみせると、おばさんはトイレに入った。小柄なからだに似合わない大きな顔と二重瞼《ふたえまぶた》の目は母とそっくりなのに、どうしてこうも迫力がちがうのだろうと思いながら、おれは玄関を出て、イヤホンを耳につけた。

NHKのラジオ講座、基礎英語1の番組が始まり、ライラックの木のかたわらでテキストを開くと、いつもこの時間に通るサラリーマンと目が合った。がんばりなさいというようにうなずかれて、これ見よがしでみっともない気がしたが、ほかに勉強できる場所などないのだし、好きなだけ眠っていたのでは、いつまでたってもこの境遇から抜け出せはしないのだ。

畳一枚ほどもある木彫りの看板を見て、ここが児童養護施設だと思う人はまずいないだろう。大きな三角屋根に、通りに面して引き戸のついた二階建ての木造住宅には北海道開拓時代を彷彿《ほうふつ》させる雰囲気があって、カメラをむける観光客も多かった。

北大通から一ブロック東に入った地下鉄北12条駅のはすむかいと立地もいいし、看板の雰囲気からして喫茶店かペンションのようでもある。おれにしても、ひと月前に住所だけを頼りに母と一緒に訪れたときには、引き戸の脇に「後藤《ごとう》恵子　花《はな》」と表札が出ているのを見つけるまで、ここがおばさんの家だとは思いもよらなかった。なにはともあれ、こんな大きな家に住んでいるならおれたちを助けてくれるにちがいない。

そう思って気をゆるめたものの、青ざめた顔の母がチャイムに伸ばした指を震わせているのを見て、おれは考えをあらためた。母は、仲たがいしたまま二十年以上も会わずにいた姉を訪ねようとしているのだし、夫が横領の容疑で逮捕され、ほかに頼れる身内もいないとあっては、ひるむなというほうが無理だろう。それにしても、姉妹の対面はあまりに壮絶だった。

「よくもしゃあしゃあと訪ねてこられたもんだね」

「高見伸和《たかみのぶかず》っていうのかい、あんたの旦那は。こっちは結婚式にも出てないから、一度も顔を見たことがないんだ。せっかくだから、留置場にいるあいだに会いに行ってこようかね」

「警察とケンカしてパクられた知り合いはいくらもいるけど、正真正銘のお縄つきってのは初めてだよ。とうちゃんも、草葉の陰で手を叩《たた》いて喜んでるさ。すけべえで恥知らずな婿《むこ》さんのおかげで、仲の悪かった娘たちがテーブルをはさんでむかい合ってるって」

母がことばにつまるたびに、おばさんは好き放題に悪口を並べた。そこまで言わなくてもいいだろうと腹が立ったが、悪いのはあきらかに父であり、苦境におちいったからといって臆面もなく助けを求めにきた母だった。もちろん、おれだって無関係ではない。

それにしても、よりによってどうして今年だったのだろう。父が顧客の金に手をつけたのは三年前だというのだから、もっと早くに発覚していてもおかしくなかったわけだ。二年前なら、おれは開聖学園を受験できなかった。三年前なら、塾をやめるだけですんでいた。それがなんの因果か、今年のゴールデンウィーク明けに三千五百万円の横領が発覚したことで、おれは苛酷な受験勉強のすえにようやく合格した開聖学園を退学するはめになったのだ。

その日のことはどうしても忘れられない。二時間目の授業中にあらわれた担任に校長室につれていかれて、おれは母からだという電話に耳を当てた。

「陽ちゃん、いい、落ちついて聞いてちょうだい」

父が逮捕されたと知らされたとき、おれはてっきり痴漢か児童買春ではないかと思った。福岡に単身赴任中の父は二週間に一度帰ればいいほうで、長いときは一ヵ月以上も家を空けている。開聖学園では、似たような境遇の友達はあんがい多くて、バレー部の先輩から、そういう場合はまずまちがいなく愛人がいるか、女を買っているかのどちらかだと教えられた。おれは、短躯《たんく》で面長な父の容姿からして「買う」ほうではないかと思った。ところが、前任地の新潟勤務のときからの愛人がいて、父は彼女を福岡に呼び寄せるために旧知の顧客からあずかった金を着服してマンションを買った。きちんと運用しているように見せかけるために書類を偽造し、期日ごとに利子ぶんを埋めあわせながら、いずれは株のもうけで帳尻を合わせるつもりでいたが、「百年に一度の不況」におそわれて、顧客が契約の解除を申し入れたことで横領の事実が発覚した。

教職員たちは、学校までスキャンダルに巻き込まれるのはたまらないと思ったのだろう。おれを対外試合用のワゴン車に押し込むと、しばらくして担任が体育着やら辞書やら所持品一式を詰め込んだ段ボール箱を持ってきた。そのまま朝霞《あさか》の自宅へと送られるあいだ、おれはこのまま死にたいと思っていた。

「令子《れいこ》。いいか、時間がないから、黙って聞いてくれ」

　午前八時前の電話でそう切り出した父は、警察から任意での事情聴取を求められたこと、横領した三千五百万円を返すためには家を手放さざるをえないこと、それでも残る返済金を背負わなくてすむように離婚したほうがいい、と考えていることなどを早口にまくしたてた。

「うちの銀行の口座はもう差し押さえられているはずだから、今すぐ行って、他行にあずけているぶんをおろせるだけおろすんだ。迷惑をかけてすまない。陽介を頼む」

　そこまでを言ったところで電話は切れて、母は大急ぎでコンビニに走った。さいわい二つの銀行から五十万円ずつをおろせたが、これが全財産で、これから先どうやって暮していくかは追い追い考えなくてはいけない。

　涙をこらえて話す母の顔を見ながらも、おれは百万円あるなら夏期講習代の三十万円はどうにかなるな、などと呑気《のんき》なことを考えていた。さっきまでは死にたいと思っていたのだから、今から思えばつじつまが合わないが、事実なのだからしかたがない。

　おれが現実に引き戻されたのは、雨戸を閉め切った家のなかで、父が逮捕されたニュースを見たときだった。大手都市銀行福岡支店副支店長の肩書きを付された父は、顧客の金を着服し、愛人に貢いだ愚か者として、顔写真つきで報じられていた。

「親父《おやじ》は、どんな女で身を滅ぼしたのかねえ」

おれが頭に浮かんだ感想を口にすると、母が泣き崩れた。

「ごめん、無神経だった」

と謝りながら、ひとりっ子で良かったなあと思いついたとき、おれはようやくなにもかもを失ったことがわかった。

東大合格者数ナンバーワンの名門開聖学園の生徒としてエリート街道を邁進《まいしん》するどころか、もはや自分の部屋さえないのだ。夏期講習代になるはずだった三十万円は食費や家賃として細々と使われていくのだし、なによりおれたち母子はこの先どこでどうやって暮していくのだろう。

「かあさん、後学のためにさ、これからおきることはおれにもちゃんと見せてよね」

我ながら殊勝なことを言ったのは、母ひとりではこの状況にとても耐えられないと思ったからだ。父は両親を早くに亡くしたうえにひとりっ子だった。母も親戚づきあいはいたって悪く、こんな場合に助けてもらえる身内はいない。いや、ひとりだけいないことはないが……。

そう予想していたせいで、父の逮捕から三日目の朝早くに、母が札幌《さっぽろ》に行きましょうと言いだしたとき、おれはさほど驚かなかったし、恵子おばさんって、今なにをしてるの、とたずねるようなヘマもしなかった。

恵子おばさんは、我が家ではアンタッチャブルな人として扱われていた。そもそもおれは自分におじさんやおばさん、それにいとことといった存在がいると思ったことはなかった。お正月やお盆には親子三人で旅行をするのが恒例で、普通は里帰りをするものだと知ったのは小学生になってからだ。

「ごめんね。おとうさんのほうはおじいちゃんもおばあちゃんもずっと前に亡くなったし、おかあさんのほうのおじいちゃんも死んじゃってて、おばあちゃんも具合が悪いのよ」

「ふーん。それで、おばあちゃんはどこにいるの？」

そのとき父と母が顔を見合わせて、どう話すべきかと迷ったのを、おれは見逃さなかった。

「札幌よ。おかあさんのおねえちゃんと一緒に住んでるの」

「へえ、そうなんだ。かあさんに、おねえちゃんなんていたんだね」と答えながら、おれは触れるべきでない事柄に踏み込んだことに気づいていた。

それから四つちがいの恵子おばさんについて簡単な説明があったが、それは本当に簡単な説明だった。だから小四で塾に通いだし、理科の先生が北大の出身で、授業の合間にしてくれる学生時代の話が面白くて、「おれ、北大に行こうかな」と口にしたときも、恵子おばさんのことは忘れたままだった。

「ほら、医学部だと、東大京大はさすがに厳しいから、北大なら目標としてちょうどいいと思うんだけど。いちおう国立の旧一期校だし」

現実的な進路選択としてほめられると思ったのに、母はすっかり動顛《どうてん》して、「それは、おかあさんは賛成できないわ」と言った。

「お金はどうにかなるから、私立でも、家から通える大学がいいわよ」

「でも、北大は寮が楽しいんだってさ。工藤《くどう》先生が言ってたよ」

「その話はやめてちょうだい」

「どうしてさ」

「いいから、やめて。進路のことは、おとうさんがいるときに相談しましょう」

「なんでなの、恵子おばさんがいるから?」

ふいに記憶の底からよみがえった名前を口に出すと、母が手にしていたグラスを床に叩きつけた。

「やめてって言ったでしょう」

飛び散った破片にヒステリックな声がかぶさり、おれは驚いて、「ごめんなさい」と謝った。

「まあ、コンプレックスってやつなんだろうな」

週末に新潟から帰ってきた父にたずねると、うすうす予想していたことばが返ってきた。

「ぼくも会ったことがないし、結婚前にかあさんから聞いただけなんだけど、そうとうな人みたいでね」と話しだされた恵子おばさんの半生はつぎのようなものだった。

姉妹の生まれは福井県小浜市《おばまし》、おとうさん、つまりおれのおじいちゃんは代々つづく網元だった。おばあちゃんの家も同じ町で漁師をしていたというから、生粋《きっすい》の漁師一家ということになる。子供が男の子だったら当然あとを継がせていたわけだが、生まれた二人はどちらも女の子だった。それでも婿をとってくれれば家業を受け継がせるが、誰に似たのか恵子おばさんは猛烈に勉強ができた。とくに理数系に強く、高校のときの担任に感化されて医師を志すようになった。それならせめて地元の大学に進んでくれという両親の頼みにも耳を貸さず、どうせなら遠くに行きたいと言い張り、一浪したものの、おばさんは北大医学部に合格した。

大変なのはそこからだった。受験勉強の反動なのか、家を離れた解放感からか、恵子おばさんは札幌で芝居にのめり込んだ。北大演劇研究会に所属し、舞台に立つうちに勉強はそっちのけになり、一年目で早くも留年した。翌年も留年して、いったいどうするつもりなのかと問い詰めようにも、娘はいっこうに帰省する素振りを見せない。しかたなく両親ははるばる札幌まで出かけて行った。そして医学部の教官や先輩たちと一緒に説得したものの、芝居に打ち込みたいという恵子おばさんの気持ちを変えることはできなかった。結局三年目の二月末に退学届が提出されたが、それを知らされたときの両親の落胆は大変なものだったという。

「おかげで、かあさんの大学受験なんて見むきもされなかったってさ。もっとも、それに乗じて東京に出てきちゃったわけだけど、やっかみたくなる気持ちもわからなくはないよな」

型破りな姉を横目に見つつ、母は別の意味で家族とも故郷とも縁を切った生き方を選んだ。女性にはめずらしく経済学部に進み、アメリカへの留学も経験して、成績もわりに良いほうだった。父からそう聞かされたときは、かあさんもなかなかやるじゃんと思ったものだが、今のおれには母のおもわくが透けて見える。一流企業に所属し、将来を約束された男性をつかまえるためには、美しいだけではダメなのだ。

開聖学園に入ってから、友達の家に遊びに行くたびに、おれは上には上がいるものだと思い知らされた。おれの母親だって近所では目立つほうだし、家もけっこう大きいが、とてもそういう次元ではないのだ。白金台《しろがねだい》、御殿山《ごてんやま》、松濤《しょうとう》。ローンをこつこつ払いながら居着いているのではなく、親から受け継いだ財産の上に教養あふれる生活がのっているといった具合で、テストの順位はクラスで十番以内を確保していても、かれらの家族ぐるみの力にはとうていかなわない気がした。

「そうなんだよなあ。出世にしても、一代じゃ限度があってさあ」

夕食のあと、母がお風呂に入ったのをたしかめてから話をむけると、父はグラスのウイスキーに口をつけながらぼやいた。

「なんでなの、家柄ってこと？」

「家柄から生まれる安定感っていうほうが正確かな。ほら、大企業のトップに立つ人間は万が一にも汚職やスキャンダルは許されないわけだろ。身辺調査やらなにやらチェックもされてるけど、最終的な保証は家族であり親戚なんだな。おじさんが役人として事務次官まで出世していたり、おじいさんが一流企業の役員だったりすれば、そいつも一生この世界からはずれずに生きていくだろうってことになるわけだ。家系っていうのもあんがい馬鹿にできないものでね。学閥とは比べものにならないよ」

浮気と横領によって生活をメチャクチャにされたというのに、おれが父にさほど腹を立てずにいるのは、そんな話を聞いていたせいなのだと思う。都会で裕福に暮したいという母の願いにしても、父を夫に選ぶ程度のものだったわけで、だからこそよけいに恵子おばさんの生き方に反発したのではないだろうか。

北大を中退した恵子おばさんは翌年結婚した。相手の名前は後藤善男《よしお》。演研の後輩で、年齢はおばさんの二つ下。百八十センチを超える長身の二枚目で、主役はもとより作・演出までこなすという北大演研はじまって以来のスターだった。北大構内にテント小屋を建てての公演には、学外からもファンや演劇関係者が押し寄せて、これならやれると踏んだのだろう。大手石油会社の重役の息子だというのに、こちらも大学を中退して、恵子おばさんと二人で劇団を立ち上げようというのだから、親たちの反対は大変なものだったらしい。

それでもとにかく二人は結婚した。後藤さんは清掃会社に勤め、昼間は仕事、夜は劇団を旗揚げするための準備に追われた。北大の学生としてサークル会館を稽古場《けいこば》とし、照明や音響器材もそろっていた学生時代とちがい、一般の劇団となればなにかと金がかかる。それでも結婚の翌年には「劇団魴鮄舎《ほうぼうしゃ》」が旗揚げされた。紫赤色のからだに大きな胸鰭《むなびれ》を持ち、その鰭で海底をはいまわるという奇妙な魚に、放浪者を意味する英語の「HOBO」をかけたネーミングで、劇団の船出は順調だった。

しかし、しょせんは札幌の小劇団でしかない。これといったスポンサーもなく、学生まじりの劇団員たちがアルバイトで資金を貯《た》めながらでは、半年に一度五日間の公演を打つのがやっとだった。やがて娘が生まれて、いよいよ前途が厳しくなるなか、後藤さんの浮気がバレたことで夫婦のあいだに修復のきかないひびが入った。それからまもなく二人は離婚し、劇団魴鮄舎は五年間の活動に幕をおろした。

その後、後藤さんは単身東京に出て役者をめざしたものの、思うような活躍はできなかったらしい。一方、札幌に残された恵子おばさんはひとりで花ちゃんを育てることになり、娘と孫の行くすえを心配した両親は福井の家を引き払って札幌に移り住んだ。

「網元として代々暮してきた故郷を捨てたんだから、よっぽど恵子さんが心配だったんだろうな。そして、そのときもまた、うちの令子さんは蚊帳《かや》の外で、それは本当に頭にきたんだね。ぼくとつきあいだしたのはそれから二、三年がすぎた頃だったと思うんだけど、ある晩ものすごい剣幕でまくしたてて、だからあなたと同じで、わたしにも親きょうだいはいないのよって叫んでさあ……」

その後、恵子おばさんがどのような変遷をたどって児童養護施設を運営することになったのかはわからない。わかっているのは、姉妹はそれぞれ異なった経路をたどりながらも、子持ちの母親同士として、二十余年ぶりに対面しているということだった。どちらも小柄なからだに似合わない大きな顔には二重瞼の目が光り、ただし姉はその目をさらに大きく見開いているのに対して、妹は悲しげに伏せてばかりいる。

「それで、あたしにどうしろって言うのさ。見てのとおり、お金ならないよ」

恵子おばさんはそう言って背中を椅子にもたれさせた。古びたシャツに穴あきのジーンズという格好は、おしゃれというよりも衣類の少なさを感じさせたし、母が借金をしにきたのでないことくらいは、おれにもわかっていた。

「ここは中学生ばかりが暮すグループホームでね。ろくに補助金が出ないなか、子供たちは食べ盛りだし、かあさんのぼけは進むしで大騒ぎさ。とてもじゃないけど、お金なんて貸せないよ」

「そうじゃないの」と、消え入るような声で母が言った。

「じゃあなにさ。なんのためにわざわざ札幌まで来たのよ」

おれもそれが知りたいと思ったとき、母が意を決したように顔を上げた。

「陽介をお願いしたいの」

「それで、あんたはどうするつもり」

「わたしは東京に戻って、高見につける弁護士を探したり、お金の返し方を考えようと思って」

「それなら、この子も一緒につれて帰りな。中学生にはいい勉強だよ」

そのとおり。このおばさんとは気が合いそうだぞと思っていると、母がうつむいて首を横にふった。

「おねえちゃん。わかってちょうだい……」

言い終える前に、恵子おばさんの平手が母の頰《ほお》を叩いた。

「ふざけるんじゃないよ。早まったマネをしたら、ただじゃおかないからね」

そう怒鳴るなり、恵子おばさんは立ちあがってドアを開け、奥にむかって大声をあげた。

「卓也、急いで降りておいで」

階段をかけ降りる音につづいてあらわれたのは坊主頭の男子だった。身長は百八十センチ近くあるし、表情も大人びていて、とても中学生には見えない。

「いいかい、今からこの子を克《かっ》ちゃんのところにつれてっておくれ。一晩泊めてくれるようにって、あたしから電話をしておくから」

「地下鉄で行っていいの?」

「そうだね。ほら、これで足りる?」

恵子おばさんはがま口からつかみ出した小銭をわたすと、ふりかえっておれを見た。

「陽介」

おばさんの声には有無を言わせぬ迫力があった。

「はい」

「あんたは、この子についていきな」

頬に手をあてたまま放心している母のことは心配だったが、おばさんはきっと悪いようにはしないだろう。そう自分に言い聞かせながら、おれは衣類と勉強道具がつまったエナメルのスポーツバッグを提げて、卓也のあとから玄関を出た。

「大通《おおどおり》駅で乗り換えて二十四軒駅まで行くから」

「うん」とだけ返事をして腕時計に目をやると、午後六時になるところだった。見あげた空は思いのほか明るく高く、なによりこれまで見た空のなかで一番広い気がした。おれは大きく息を吸い込んで地下にむかう階段を降りていった。

もっとも、ホームで電車を待つうちに、おれはわきあがる憤りをおさえかねた。母はおれを置いて東京に戻り、離婚の手続きをすませたあとで死のうとしていたのだ。そうすれば母の生命保険はおれ名義の貯金となって、高校、大学と進学できる。

母の弱さと父の情なさが全身にまとわりつくようで、おれは振りあげたバッグをホームに叩きつけた。

「ふざけるんじゃねえぞ」

怒鳴り声をかき消すように電車が到着し、そのまま乗り込んだものの、いらだちはおさまらなかった。もしもひとりでいたら、おれは手近な大人に殴りかかっていたかもしれない。そうしなかったのは、卓也の視線を感じていたからだ。どんな事情かは知らないが、児童養護施設で暮していているかれからすれば、おれの不幸など大甘もいいところだろう。

二十四軒駅の改札には四十代くらいの男性が待っていて、おれたちにむけて手をあげた。

「恵子に、駅まで迎えに出るようにって言われてね。卓也はどうする、うちで一緒に晩飯を食ってくか」

「いや、いいです」

「そうか、また来いよ」

「はい」

そう言って頭をさげると、卓也はおれと目を合わせずに改札口の前でまわれ右をして、上ってきたばかりの階段を降りていった。

「じゃあ行こうか。五、六分で着くから」

さっきよりも暗さの増した街を歩きだした男性はおれと変わらない背丈だから、百六十センチくらいだろう。小柄なわりにがっしりしたからだつきで、左手の薬指にリングをしている。黙ったまま先を行く相手に赤信号で追いつくと、おれは名前をたずねた。

「石井克彦《いしいかつひこ》、四十六歳。職業は高校教師」

前をむいたままの、ぶっきらぼうな返答を聞いたとたん、おれは平常心を失った。教師か、それなら、今夜はこいつを相手に、おれがどれほどの苦しみを味わっているか、たっぷり聞かせてやろう。

しかしその晩、おれは石井さんの家でついにひとことも口をきかなかった。左手の指輪から、てっきり奥さんの手料理が待っていると思ったのに、石井さんの奥さんは写真のなかで笑顔を見せているだけだった。

「悪いね。こんなものがデンと置いてあって」

奥さんの隣には赤ちゃんの写真もあって、なにかとてつもない不幸が石井さんから二人を奪い去ったのだろう。つけあがった気持ちがいっぺんに冷めて、おれはサイドボードに飾られた遺影に手を合わせた。

「明日はおれも休みだから、気にしないでいつまで寝ててもいいよ」

風呂あがりにそう言われて、おれは今日が金曜日であることに気づいた。それなら父の逮捕は水曜日だったわけだ。水木金のわずか三日で、おれたち一家の運命はすっかり変わってしまった。いや、本当はずっと前からおかしくなっていたのが、たまたまあの日、一挙に表に出たのだ。それなら反対に、地道につづけていた努力がとつぜん実を結ぶことだってあるはずだ。おれは札幌で、父は刑務所のなかで、母は恵子おばさんに勧められたどこかの場所で、それぞれ懸命に生き抜いていけば、いつか再び家族として暮せる日がくるかもしれない。そんなことをくりかえし考えるうちに、おれは眠りに落ちていった。

NHKラジオ、基礎英語の1と2をつづけて聴くと、おれは玄関を入った。魴鮄舎の起床は午前六時半と決まっているが、それに合わせて部屋を出てくる者など誰もいない。

「ほら、あと五分でテーブルに着かないと朝ご飯ぬきだからね」

恵子おばさんがいくら怒鳴っても、このときばかりは反応がにぶい。育ち盛りの中学生たちの眠りはマリアナ海溝よりも深く、頭ではわかっていてもそう簡単に目が覚めてはくれないのだ。おれだって、朝霞の家では、タイマーで鳴りだしたラジオをうつらうつら聴くのがせいぜいで、このほうがかえって英語が脳ミソに入ると意味不明な理屈をこねていた。しかし、もはやそんな悠長を言っていられる余裕はなかった。

そのまま食堂に入ると、おれは指定席になっている窓際にすわった。ここからだと角度が悪く、テレビはほとんど見えない。おかげでテキストを広げて、復習をしながら食事ができるし、誰とも話さずにすむ。

おれがあらかた食べ終わった頃になって、ぞろぞろとほかの連中が入ってきた。男子も女子もパジャマのままで、顔を洗ったやつなどひとりもいない。それでなくても肌はかさかさで、目つきは暗く、なにより姿勢が悪い。たとえ一瞬でもこんな連中に気圧《けお》されたのかと思うと、しゃくにさわってしかたがなかった。

はじめて恵子おばさんに会った日の翌朝、石井さんの家で目を覚ましたあと、おれはグループホーム魴鮄舎についての説明を受けた。通常の児童養護施設は市町村が直接運営していて、もっと規模が大きい。また、こんな街中ではなく、どちらかといえば郊外の、近隣に住宅のない場所にあることが多い。ところが、そうした施設では周囲から隔絶されているがゆえの弊害もあって、職員による暴行や猥褻《わいせつ》行為、それに児童間のいじめが頻発してきた。グループホーム魴鮄舎は、様々な理由により児童養護施設からはじき出された中学生たちの受け皿として、六年前に開設されたという。

どうして恵子おばさんが関わるようになったのかまでは、石井さんは教えてくれなかったが、札幌の街中に、中学生ばかり十四人が暮らす児童養護施設があるのは事実だった。

石井さんにつきそわれて魴鮄舎に戻り、食堂で全員に紹介されたとき、おれの動揺は頂点に達していた。

「児童養護施設からはじき出された中学生たち」というフレーズと、卓也の体格から、おれは少年院のような雰囲気を想像していた。ところが、目の前にいるのは見るからに気弱げな中学生たちだった。こちらに脅しをかけるどころか、卓也以外は顔さえ満足にあげられない。思えば開聖学園の生徒たちは、ひとり残らず栄養の行きわたったからだつきと自信に満ちた顔つきをしていた。

それでも一週間ほどは控え目にふるまっていたが、いつまでも遠慮していてもしかたがないと、おれは自分なりのペースで暮すことにした。朝はラジオの基礎英語を聴き、夜も欠かさず机にむかう。魴鮄舎の連中からすれば、おれはひとりだけ別種の人間に見えるだろう。いや、別の人間でなくてはならないのだ。朱に交われば赤くなるというが、今のおれにとって、これほど恐ろしいことわざはなかった。

ニュース番組で星占いのコーナーが始まり、一位は双子座、ラッキーアイテムは貝殻のついたアクセサリー。二位は蠍座《さそりざ》……と読み上げられるたびに歓声があがる。それで目が覚めて食事が進むならまことにけっこうな話で、ただしおれは星占いになどかけらも興味がなかった。

「陽介、今日の英語の小テスト、範囲はどこまでだっけ」

「きのうの夜も教えただろ」

「いいじゃん、もう一回教えろよ」

卓也の質問を無視して、おれはお盆を持って立ちあがった。

「ああ、思い出した。利己主義の発生とその末路についてだ」

ひねりのきいた嫌味には笑い声もあがらず、おれは部屋で制服に着替えて学校にむかった。カバンには教科書のほかに開聖学園で使っていた問題集が入っていて、それを図書室で解くのがおれの日課だった。

いまさら開聖学園に入り直せるとは思っていないが、絶対に学力を落とすわけにはいかない。親の援助も期待できず、施設で暮しながら大学まで進むためには抜群の成績が要求される。危機感は本物らしく、魴鮄舎で暮しだしてからというもの、おれは目覚まし時計をかけなくても毎朝五時四十五分に目が覚めた。

札幌市立栄北中学までは三ブロックで七、八分あればゆうゆう着ける。八時二十分に出ても間に合うのだから、六時半に起こすほうに無理があるのだが、転校する中学がそんなに近いと知ったとき、おれはすぐに覚悟を決めた。

「今は個人情報の保護とやらで、住所は公にされないからね」

転校の手続きに栄北中を訪れる日の朝、恵子おばさんはおれを部屋によんだ。

あんたが望むなら、魴鮄舎で暮していることは隠してもらうようにしてもいいよ。

おばさんにしては消極的なことを言うと思ったが、おれはその必要はないと答えた。

「ああ、そう」

面白いじゃないかという顔でつぶやくと、おばさんはタバコを口にくわえた。ただし火はつけず、そのままあらぬ方を見ている。ひとりのときは部屋中けむりだらけにしていても、子供たちをよぶときは吸わないというのが、おばさんが自分に課しているルールだった。

「これだけ近いと、どうやったって隠しようがないじゃん」

「まあ、そうだけどね」

「そのかわり、開聖学園に通ってたことのほうを知られたくないんだけど」

「どうしてさ」

「だって、開聖のやつが札幌の児童養護施設に移るなんて、よっぽどの事情があったからだって思われるじゃないか」

恵子おばさんと話すのにてらいや気おくれは禁物で、かわりに要求されるのはあけすけなまでの率直さだった。

「なるほどね」とうなずきながらも、理由はそれだけかいといった目で、おばさんはおれを見つめた。「まあいいか。あとでガタガタ言うんじゃないよ」

「わかってる」

自分に不利な情報を公にし、有利なことを隠すのには、おれなりの成算があった。誰から見たって、おれが魴鮄舎のほかの連中とちがうことは一目瞭然のはずだ。それならへたに隠すのではなく、親と暮していないと明かしてしまうほうが、かえっておれの存在を認めさせやすい。おもわくは当たり、校門に立つ警備員にまでうわさが伝わって、「おはよう、がんばれよ」と今朝も声をかけてくれた。

そのまま図書室に直行し、いつもどおり七時十五分に勉強を開始する。数学と理科の問題を解いているうちに一時間はすぐにすぎた。ラジオの基礎英語も気合いを入れて聴いたので、少し頭が疲れていたが、ここの授業にはそれでもおつりが来るくらいだった。

開聖学園では、二年生の一学期までに公立中学の三年間ぶんの授業内容を履修してしまい、中高一貫の強みでどんどん先に進んでいく。ハイペースの授業についてこられない生徒はもともと入学していないわけで、えりすぐりの教師たちによってこれでもかという量の知識が詰め込まれ、その成果は東大京大をはじめとする有名大学への合格者数となって如実にあらわれる。

そんな授業になれたおれからすると、栄北中の授業はなにもしていないも同然だった。

最初に登校した日の一時間目が社会科で、野球部の顧問だという赤ら顔の教師がEU各国の名前と首都名を棒読みして、明日テストをするので覚えておくようにと言ったとき、おれはあやうくふきだすところだった。中一どころか、小四のときに塾の特別進学コースで受けたテストで、ただし久しぶりすぎてひとつだけ忘れている都市名があったのだから、まったく無駄だったとまでは言わないでおく。

それにしても、こうしているあいだにも開聖学園の生徒たちとの差は開いているわけで、あせらずにはいられない。授業中も、おれは教科書にそいながら、派生する事柄を思い出したり、先生が黒板に書いたのよりもさらにひねった数式を考えては、頭のなかで解いていた。それでも不安といらだたしさのあまり暴れだしたくなることはあって、そんなときおれは石井さんの家に泊まりにいった。

土曜日の昼すぎにお邪魔して、日曜日の夕方までいさせてもらうのだが、相客がいることも多く、けむたがられるどころか、かえって歓迎された。職場の同僚やかつての教え子、それに亡くなった奥さんの知り合いといった人たちが連絡を取り合い、石井さんをひとりにしないように手をつくしているのだという。

石井さんの奥さんが、第一子の出産を目前にして亡くなったのは、おととしの二月だった。不妊症のため、体質改善の治療を三年間もつづけ、流産の危機を乗り越えてようやく臨月を迎えたが、その日、家族を悲劇がおそった。午前五時すぎに奥さんがお腹《なか》に痛みを訴えて、石井さんはすぐに救急車を呼んだ。それほどひどい痛みではないというが、なにかあったら迷わずつれてくるようにと医師に言われていたこともあり、石井さんは病院から学校にむかうつもりでしたくを始めた。救急車は五分ほどで到着した。ストレッチャーに載せられるとき、奥さんは石井さんの手を握り、「大丈夫だから」と笑顔でうなずいた。しかし、それが最後のことばになった。

救急車が走りだしたかと思うと、心電図のモニター画面を見ていた隊員が立ちあがり、「奥さん、奥さん」と大声で呼びかけた。驚いた石井さんがそばにいくと、奥さんの顔にはすでに血の気がなかった。

「胎盤剝離《たいばんはくり》により、大量出血をおこしたもようです。母親の心肺は停止。至急手術の準備をお願いします」

携帯電話で医師に訴える隊員の声を聞きながら、石井さんは冷たくなってゆく奥さんの手を握り、もう片方の手をお腹においた。北大医学部附属病院に着くと、奥さんはそのまま手術室に運び入れられたが、間もなく死亡が告げられた。帝王切開によって取り出された胎児も懸命の蘇生《そせい》処置のかいなく二時間後に死亡し、石井さんは号泣した。

おれにその話をしてくれたのは恵子おばさんだった。石井さんと恵子おばさんとは北大演研のときからの仲間で、一浪しているおばさんのほうがひとつ歳上《としうえ》だが、入学年度は同じ。石井さんは役者もするが専門は舞台監督で、教師として高校演劇にたずさわるうちに、別の学校にいた奥さんと知り合った。

「妊娠にむかない体質っていうんだろうね。pH《ペーハー》だかを変えるために、十二時間おきにホルモン注射をするんで、両腕が内出血を起こしてかっちかちになっちゃってさ。体調もおかしくなって休職して。克ちゃんは、そんなに子育てをしたいなら養子をもらえばいいって言ってたみたいだけど、泉《いずみ》ちゃんとしてはやっぱり自分たちの子供を産みたかったんだろうねえ」

夜九時すぎに、おれのほうから部屋に行ったので、恵子おばさんはタバコをくゆらしながら話をつづけた。

「あたしなんか、すぐに孕《はら》んじゃうんで困ってた口なんだけど、女も本当に人それぞれだよ」

おばさんの子供は花さんだけなのだからと考えて悩みかけたものの、おれは黙ったまま椅子にすわっていた。

妊娠しづらいからといって、出産も難しいとはかぎらないが、安全を考えれば三十七週すぎまで育ったところで人為的に取り出してしまうほうがいい。しかし妊娠中の経過があまりに順調だったことと、奥さんが可能なら自然分娩《ぶんべん》をしたいと希望したために、帝王切開は見送られた。石井さんと医師たちがもっとも後悔しているのもその点で、石井さんの奥さんは妊娠十ヵ月目に胎盤剝離をおこし、動脈からの大量出血によって、ほぼ即死に近いかたちで亡くなった。

「本当にねえ」とつぶやくと、おばさんはタバコをくわえて、大きく煙をはいた。

「そうかと思えば、ぽんぽん産んでおいて、ろくにめんどうも見ずに子供をほっぽらかしちゃう親だっていくらもいるわけで……」と口をすべらせて、「もう部屋にお帰り。勉強の時間がなくなるよ」と言って、おばさんはおれを追い出した。

石井さんはなにもたずねない人だった。それは石井さんの友人たちもそうで、おれは恵子おばさんの甥《おい》っ子で、魴鮄舎で暮している中学二年生というだけの存在として、かれらと一緒にいることができた。父親が顧客からあずかった金を着服して逮捕され、一家は離散。名門開聖学園を退学し、母親の姉が運営する札幌市の児童養護施設に収容される。石井さんの家にいるあいだ、おれはその事実から少しだけ離れていられた。

魴鮄舎でも、基本的にお互いの生い立ちや過去には触れないことになっていた。別にルールとして申し渡されたわけではないが、たずねられない以上、こちらからきくわけにもいかない。

鮒䲆舎にいるのは、おれを入れて男子が八人に女子が六人。男女とも二部屋に分かれて暮していて、おれと一緒の部屋にいるのは卓也（中二）、健司《けんじ》（中二）、勝《まさる》（中一）の三人で、もう一室の四人は全員が中三だった。

おれは、放課後も学校の図書室や近所の図書館をハシゴしながら勉強をして、できるだけ鮒䲆舎にいないようにしていた。おれ以外の連中はいつでも部屋にいて、かたまってDSのゲームをしたり、マンガを読んだりしているからで、お互い目ざわりになるよりは離れているほうがいいに決まっている。それでも午後六時半には帰宅し、七時からの夕食がすんだあとは部屋ですごすしかない。

「おい、陽介。これを見ろ」

風呂から戻ると、卓也が待ってましたとばかりにエロ本を広げて、おれはまたかとそっぽをむいた。卓也によると、風呂あがりは勃起しやすいのだそうで、女性の裸に反応したと見るや、「立った、立った」とはやしたてる。陰毛が生えてきたのもことのほかうれしいらしく、ジャンケンを強要しては、自分で負けてズボンをおろし、大きな陰茎とまばらな茂みを誇示してみせる。もちろん相手が負けたときにも容赦がない。

「おっ、健司も生えてきたじゃん。なあ、その一本だけ長いやつがあるだろ。そいつは言わばチン毛のリーダーなわけだ。それでな、そいつを抜くと、今度はおれがリーダーになってやろうって、あとからあとからチン毛が生えてくるんだって」

そう言いながら卓也は右手を伸ばし、あわてた健司が腰をふった。

「馬鹿、抜かせろよ」

「やだよ。それなら自分のを抜けばいいじゃん」

「おれはもうみっしり生えてるから、いまさら抜いても意味がねえんだよ。おい、勝。健司を押さえろ」

三人がくんずほぐれつからみあう横でおれが単語カードをめくっていると、「うるさいよ」という声とともに恵子おばさんがあらわれた。

「隣の三年生たちが、勉強できないってさ」

「いいんだよ。あんなヤツら、どうせ大したことねえんだから」

その意見には同感だったが、よけいな賛意を示してとばっちりを食う必要はない。

「黙ってな。あんたには関係ないんだから」おばさんににらまれると、卓也は舌を出して壁ぎわにさがった。

「健司も、さっさとズボンを上げるんだよ」ため息まじりに叱ると、恵子おばさんは大騒ぎになった経緯をたずねた。

「まったく馬鹿だねえ」

「いいじゃん、興味があんだから」卓也がふてくされてつぶやくと、おばさんが一歩進んで胸を張った。

「よし。あたしも入るからね。ジャンケンするよ」

そう宣言して、恵子おばさんは卓也にむかって顎《あご》をしゃくった。

「いいかい。嫌とは言わせないからね。最初はグー」

おばさんが握り拳《こぶし》をつきだしたところで、「ごめんなさい。もうしません」と卓也が頭をさげた。

「なんだい、つまらない。久しぶりに男の前でパンツを脱げると思ったのに」と、恵子おばさんは平気な顔で言い、「そうだ、女のあそこの毛はお守りになるんだよ。戦争に行くとき、兵隊さんたちは奥さんや恋人の陰毛をお守りに入れてったんだってさ」とつづけて、欲しいならあげようかという顔で卓也を見た。

「許してください。もう絶対に騒ぎません」

さげた頭を膝《ひざ》につけて謝る卓也を尻目に恵子おばさんはようやく戻っていき、おれたちは四人そろって安堵《あんど》のため息をついた。

卓也とおれはクラスも一緒で、学校でもなにかとからんでくるのがうっとうしくてしかたがなかった。

「骨のありそうなのがあらわれてくれたんで、うれしくてしかたがないんだろう」とは石井さんの弁だが、たしかに卓也は魴鮄舎にいるほかの男子とはちがっていた。ひとりだけ背が高くて、体格もいい。成績も悪くはないが、学校でも魴鮄舎と同じ調子でいるので、クラスでは浮きまくっていた。以前いた養護施設を出されたのは、なにかといっては手をあげる指導員を殴り倒したのが原因だという。

「そんなに腕っぷしが強いなら空手でも始めてみろよって言ったんだけどね。あいつはへそまがりで、他人に勧められるとやらなくなっちゃうんだよな」

おれとかち合ったことはないが、卓也はちょくちょく石井さんの家を訪ねているようだった。そして、遠まわしながらも、おれのことをあれこれ話すのだという。そんな話を聞かされているうちに、おれは卓也がどうして施設で暮すようになったのかが知りたくなった。

児童虐待、養育放棄、両親との死別、レイプ等の望まない妊娠による誕生。児童養護施設に保護されるきっかけはおおよそ四つに分けられる。孤児は少なく、両親もしくは片親がいる者のほうがずっと多い。ただし、魴鮄舎で親から小まめに連絡があるのはおれくらいで、うらやましがらせてもいけないからと、母からの手紙はおばさんと二人のときにわたしてもらっていた。

〈陽介へ　おかあさんはきのう一晩、恵子おねえさんといろいろなことを話しました。途中から、後藤善男さんの叔父に当たる上杉《うえすぎ》弁護士も見えて、知恵を貸してくださいました。東京にいるお知り合いの弁護士さんを紹介していただいたので、さっそく今日の午後に訪ねてみるつもりです。あなたのことは恵子おねえさんにお願いしました。環境が変わって大変だと思いますが、くじけず勉強してください〉

母が残していった手紙を読んだときには途中から涙が止まらなくなり、おれはおばさんがわたしてくれたタオルで何度も顔をぬぐった。

二通目の手紙は二週間後に届いた。それによると、父は起訴が決まり、裁判にかけられることになった。銀行側は被害者にすでに全額を弁済し、あらためて父に三千五百万円の返済を求めてきた。預貯金だけでは足りないため、すみやかに家屋と土地を売却するように言われている。それでも一千万円ほど不足しそうなので、弁護士を通じて愛人だった女性にマンションを返してくれるように交渉しているが、たぶん無理だと思う。浮気相手に貢ぐためという動機に情状《じょうじょう》酌量《しゃくりょう》の余地はなく、父がいくら反省の念を示しているといっても、二～四年くらいの実刑は覚悟しなければならないのではないかということだった。

三通目の手紙は熱海《あたみ》からだった。裁判の行方はともかく、母としては当座の生活費をどうにかしなければならない。弁護士の紹介で信頼のおける人材派遣会社に相談した結果、母は家政婦として認知症で寝たきりの老人の介護をすることになった。家族にかわって病院に泊まり込み、二十四時間つきっきりでめんどうを見る。

〈ゆったりとした個室なので、なにもないときは机にむかって介護の勉強をしています。ご家族も穏やかな方々で、お見舞いにみえるたびに、わたしに気づかいの言葉をかけてくれます。でも、わたしが眠るベッドは補助用の小さなものですし、来る日も来る日も病院のなかにいて、重度の認知症でまったくの無表情、なにを言っても反応のない八十歳のおばあさんと一緒にいるのにはなかなかなれません。気弱なことを言ってごめんなさい……〉

恵子おばさんにはすでに報告ずみだったそうで、母にかわって詳しい事情を教えてくれた。裕福な老人につきそうには身元の保証が第一だけれど、みなりや物腰にもそれなりのものが求められる。精神的にも肉体的にもきつい仕事で、病院を離れられるのは週に一日とあって、高給なのになり手は多くない。

「食事代もむこう持ちだし、月々三十万円の収入を丸々貯金にまわせるわけで、それを励みにがんばるしかないね。あの子にしちゃあ、マシな道を選んだもんだよ。もっとも、こっちはただでやってるんだから、素直にほめてやる気にはなれないけどね」

魴鮄舎には、恵子おばさんの母親、つまりおれのおばあちゃんも一緒に住んでいた。ただしまったくの寝たきりで、たまに車椅子に乗せられて食堂にくることもあるが、日々の介護はよほど大変なのだろう。それでも、あの母がそんな苦労をしているのかと思うと、おれは胸が締めつけられた。しかし、それも四通目の手紙を読んだときの喜びでふきとばされた。

母は、弁護士のアドバイスにより、父と離婚しないことにした。今回のようなケースでは、罪を犯したのはあくまで夫であり、婚姻関係を継続したままでも、妻に借金返済の義務はない。ただし浮気をされていたことへの憤りと、多額の返済金を背負った夫への失望が重なり、たいていは妻の側から離婚が切り出される。

妻にしてみれば、それは当然の判断であり、夫にとっては当然の報いであるわけだが、母はあえて横領した金の返済を引き受けることで父との関係をつなぐことを選んだ。裁判でも、妻の支えがある場合のほうが量刑が軽くなる傾向があるという。しかしそんな理屈よりも、おれは家族がばらばらになってしまわずにすんだという安心で、思わず両手で顔をおおった。

「なんだい、大げさに泣いたりしてさ」

この件については事前に知らされていなかったようで、恵子おばさんは老眼鏡をかけると、おれがわたした手紙を一字一字たしかめるように読んでいった。そして、読み終わると、「気に入らないね」とだけつぶやいて、手紙をおれにつき返した。

「なにが気に入らないんですか」

「こっちの話さ。さあ、もう一度読みたいならさっさと読みな。すぐに晩ご飯だよ」

取りつく島もなく追い出されて、おれはなにがなんだかわからないまま廊下の壁に背中をもたせた。今はばらばらだけれど、いつか家族はひとつになれる。しかし、それはいつなのだろう。

さっきは手放しで喜んでしまったが、現実はそうとう厳しいにちがいない。一千万円を返すためには、母は三年近くも病室で寝泊まりをつづけなければならないのだ。父が刑期を終えて出所してきても、前科のついた中年男性がめぼしい仕事につけるはずもなく、その先も貯金も家もないまま働きつづけなければならない。

離婚を選択しなかったことで母が引き受ける苦労を思うと、父の浅はかさにあらためて怒りがわいた。しかしそれは同時に、父が生涯、母に負い目を持ちながら生きていくことを意味していた。母がつらいのか、父が苦しいのか。いくら考えてもきりがなかったが、それでも家族という単位で困難に耐えていけることのありがたさを感じながら、おれは食堂にむかった。

夕食のあとも勉強が手につかず、卓也たちがゲームをしているのを横から見物していると、一階からおばさんの怒鳴り声が聞こえてきた。夕食のあとかたづけをしている頃で、またアルバイトの大学生が皿でも割ったんだろうと思っていたが、いつまでたってもしずまる気配がない。

「おい、勝。おまえ、ちょっと行って見てこいよ」

卓也も心配になったらしく、勝を廊下に押し出した。つられてのぞいていると、入れちがうように恵子おばさんが階段をかけあがってきて、

「全員、集合！」と大声で言った。

火事だ、と怒鳴っても、これほど速く人は動かないだろう。両側の扉がいっせいに開いて、十四人の男女全員が廊下に並んだ。

「食堂においで」

そう言い残すと、おばさんは階段を降りていった。顔を見合わせる間もなく、おれたちはあとにつづいた。

ホットケーキの大喰《おおぐ》い競争が始まったのは、それから十五分後だった。

　開会の辞でおばさんが述べたところによると、ここにおられる北大演研のはるかな後輩に当たる堀口栄一《ほりぐちえいいち》君が、洗った皿を戸棚にしまおうとしたところバランスを崩し、よりによって積み上げられた生卵の上に倒れてくれた。しかし、これはけっしてかれの罪ではない。堀口君は恵迪寮《けいてきりよう》生で、親からの仕送りはなく、奨学金とアルバイトで学費と生活費をまかなってきたが、この不況下で働きたくても仕事がない。今日ようやく、一週間ぶりに、ここ魴鮄舎でのアルバイトがまわってきて、しかも夕食つきとあって、あたしの手になるおいしいおいしいマーボー豆腐を空腹にまかせて食べまくった結果、胃が限度を超えて重くなり、足元がふらついて、一個二十円×二百五十個＝五千円也《なり》の卵の大半をメチャメチャにしてしまったのである。

「やりくり算段の厳しい昨今、五千円があまりにも痛いのは、いまさらみなさんに説明するまでもないでしょう。しかも割れた卵は腐りやすく、今すぐ食べる以外に方法はありません。そこで、かの『ちびくろサンボ』にならい、夕食後ではありますが、ここに第一回魴鮄舎ホットケーキ大喰い選手権の開催を宣言いたします」

　恵子おばさんが朗々と口上を述べる横では、何度か見かけたことのあるザンバラ髪の大学生が真っ青な顔でうなだれていた。

　恵迪寮については学習塾の工藤先生から聞いていて、札幌農学校の寄宿舎がルーツであることや、今でも雪に飛び込むジャンプ大会をしているというので、おれはひそかに興味を抱いていた。石井さんは、一年だけだが、取り壊される前の古い木造の寮舎で暮したことがある。翌年には鉄筋コンクリート五階建ての新寮に移ったが、そこでも寮生による自治がおこなわれて、そうとう刺激的な日々をすごしたことが話しぶりから伝わってきた。

おれはまだ恵迪寮を見に行ったことはないし、それどころか北大のキャンパスに入ったことさえなかった。それこそ目と鼻の先にあるのだから、学校からの帰りに寄り道をすればいいわけだが、いざ北大の門をくぐろうとするとなぜか気おくれがしてしまう。

「いいかい、とにかく食べて食べて食べまくりな。今晩食べて、明日の朝も食べて、それでも食べ切らなかったら、明日の晩ご飯もホットケーキだからね」

なにも割れた卵を全部ホットケーキにしなくてもよさそうなものだし、『ちびくろサンボ』において、ホットケーキを作るきっかけになったのは卵ではなく「トラのバター」だったはずだが、そんな指摘をした日には即刻ここを追い出されかねない。とにかく、まずは男子八名がテーブルに着き、女の子たちが焼いてくれるホットケーキを頬張った。

闘いの様子は割愛して結果だけをいえば、一位は卓也で三十一枚。二位はおれで二十五枚。六枚は大差だが、三位の中三が十二枚なのだから、勝負ははじめからおれたち二人の争いにしぼられていた。

公平を期するため、お玉にすりきり一杯ぶんを一枚として焼いたので、一枚一枚は小ぶりでも、ホットケーキは腹にたまる。それでも十枚までは一気に食べたが、そこから先が大変だった。卓也も二十枚を超えるとペースが落ち、おれが一枚食べると、むこうも一枚といった具合で逃げ切りをはかる。応援は最初から圧倒的に卓也に集まり、おれはアウェー気分を満喫したが、二十枚目あたりから、おれにもちらほら声がかかりだした。

「陽介、ほら、もう少しだよ」

恵子おばさんのハスキーボイスにまじって、「高見くん、がんばって」という声が聞こえたとき、おれは本気で胸が高鳴った。いったい誰が応援してくれたのか。残念ながら、そちらに顔をむける余裕はなかったが、おれはそのとき初めて鮒鱒舎に女子がいることを認めた。

勇気を得て、おれは立てつづけに三枚を飲み込んだ。卓也との差が三枚に縮まったことで双方の応援団のボルテージは上がり、食堂は歓声と熱気に包まれたが、おれの追い上げもそこまでだった。

切りがいいからと、かっきり二百枚焼いたホットケーキのうち、百五十七枚が十四人の中学生とおばさんの胃袋におさまり、残りの四十三枚は堀口さんのお土産になった。卓也との闘いに夢中で忘れていたが、卵を割ってしまったショックで、堀口さんは大喰い競争に参加するどころではなかったのだろう。

みんなが部屋に戻ったあとも、卓也とおれはふくれたお腹を抱えて、食堂で休んでいた。敗れはしたが、たくさんの声援を受けて、おれは満足だった。

六月半ばでも、北海道に梅雨はないというだけあって、窓から初夏の涼しい風が入ってきた。

「ありさと奈津《なつ》が、おまえを応援してたな」

「そうか」と答えて、おれは二人の姿を思い浮かべた。どちらも猫背でやせっぽち。いつもおどおどしていて、おれと目が合うと顔を伏せて……。同じ中二なのに、彼女たちにそんな印象しか持っていない自分が情なかった。

おれたちはしばらく黙っていたが、とつぜん卓也が言った。

「親がいないことなんか、おれはなんとも思っちゃいないんだ」

無理するなよ、ということばはのどまで出かかっていたが、おれは黙っていた。卓也が胸にためていた思いを口に出してくれて、かならずしも素直にではないけれど、今はそれでいいという気がした。窓からの涼しい風を受けて、再び訪れた沈黙のなかで、おれたちはすっかり親しくなっているのがわかった。

卓也は勉強はともかく、運動神経が抜群だった。とくにバレーボールが得意で、百八十センチ近い長身にけたはずれのジャンプ力が加わるのだから、バレー部の連中も歯が立たない。おれも開聖学園ではバレー部のセッターをしていたので、体育の授業では二人で大活躍だった。普通なら、卓也もおれもバレー部から勧誘がくるだろう。ところが、鯱鯱舎で暮しているせいなのかどうか、卓也は入学以来一度も声をかけられたことがないという。

「誘われたって、やらないけどね。おれはチームプレーってヤツが大嫌いなんだ」

憎まれ口を叩きながらも、卓也はいつも準備運動は念入りにしていた。ただし、独自にあみ出したというストレッチ体操なので、体育教師で担任でもある山野《やまの》先生から毎時間注意される。ときには放課後に呼び出されて、長々と説教されることもあって、これには卓也もまいっていた。

「あいつはエラいのか、馬鹿なのか、どっちなんだと思う？　毎度毎度同じ文句を言いやがって」と、ある日の帰り道に卓也はこぼした。

「中学校の、間抜けな教師たちを見ていると、つくづくうちのおばさんはすごいと思うよ」

「でも、怒りっぽいところは一緒だろ」

「全然ちがうさ。ヤツらは自分の体面を保つために怒ってるだけじゃないか」

「それじゃあ、おばさんは？」

「気合いがちがうぜ。頭にきたら、どんなやつらだってぶっ飛ばしかねないもんな」

目の前で母が頬を張られるところを見ていたにもかかわらず、おれはそこまで真剣に恵子おばさんについて考えたことがなかった。と同時に、そんなふうに考えずにつきあっていられるのは、やはり伯母と甥という間柄のせいなのかもしれないと思いついたが、卓也に悪い気がして口には出さなかった。

卓也の陰に隠れて、おれは優等生で通っていた。北海道で一番の進学校は札幌南高校で、北大や東大の合格者も多く、もちろんおれはそこに進むつもりだった。一緒のクラスに吉見《よしみ》という男子がいて、卓也ほどではないがすらりと背が高く、色白のこだわりのない顔つきをしている。入学以来テストの順位はずっと一番だという話で、授業での受け答えを見るかぎり、たしかにデキるが、この程度なら開聖学園にはごろごろいた。おれが転校してきたとき、一学期の中間テストは終わっていたので、今度の期末テストが吉見との初めての勝負ということになる。

むこうもそれはわかっているらしく、このあいだは放課後にひとりで図書室に来て、なにげない様子でおれの後ろを通りすぎた。問題集を隠すのもわざとらしい気がして、そのまま勉強をつづけたが、やはり目にとまったのだろう。

「それは……」と言いかけて、吉見はおれの手元をのぞきこんだ。

「なんだよ」

「いや、別に」

開聖学園オリジナルの問題集だとわかるはずはないが、見たことのない問題集だとは思ったのだろう。よけいな詮索をされてはたまらないので、おれは翌日から問題集は持ち歩かないようにした。

おれにつられてというのも気がひけるが、卓也と健司、それに勝も、おれと一緒に勉強をするようになった。そのうちにありさと奈津も加わり、部屋では狭いので、夕食のあと六人で食堂のテーブルを囲む。これには恵子おばさんも驚いて、めずらしくお茶とお菓子を差し入れてくれた。とくに卓也はがぜんやる気を出して、学校でも授業が終わるやいなやおれの机にやってきて、いま教わったところをわかるように説明しろよと要求する。そのうちにクラスの連中も輪をつくり、おれの解説を聞くようになった。

「高見君って、すごいんだね」

「先生よりもわかりやすいよな」

そんな声に囲まれて得意になりながらも、おれは少しまずいことになってきたなと思っていた。一目置かれるのはいいが、目立ちすぎてはいけない。げんに吉見の取り巻きたちが憎々しげな顔でおれを見るようになっていた。なかでも大竹《おおたけ》というヤツが厄介《やっかい》で、自分もテストの順位は学年で十番くらいなのに、やたらに吉見を立ててはおれたちにちょっかいを出してくる。

「ほー、ほー、ほーぼー。浮浪者たち。ほー、ほー、ほーぼーほーぼー」

「おい大竹、てめえ今、なんて言った」

卓也にすごまれても大竹は平気な顔で、「英語の勉強だよ。ＨＯＢＯは浮浪者または放浪者。ＨＯＢＯは浮浪者だよな」と、小太りのからだを吉見にすりよせる。

「そうかい。せいぜいぬかしてな。でもな、おい吉見、おまえはもう一番になれないぜ」

「なに言ってんだい。一樹《かずき》君は道内一位になったことだってあるんだぞ」

と大竹がいきりたった声をあげた。

「せいぜい首を洗って待ってな」

卓也はどこまでも強気だったが、おれはあんがいいい勝負かもしれないと思っていた。

中学受験と開聖学園の授業で鍛えられたぶん、難易度の高い問題になればこっちに分があるが、授業の範囲内から出題されるなら差がつきようがない。吉見のほうでもそう思っているらしく、もういいよというように大竹をつれて教室から出ていった。

一学期の期末テストは七教科を木曜と金曜の二日に分けておこなう。一日目が数学・社会・国語で、二日目が英語・理科・技術家庭・音楽。中間テストは五教科だったので、みんなさかんに文句を言っていたが、開聖学園で十七科目のテストを受けていたおれにはどうということもなかった。国語は現代文と古文と漢文、社会は地理・日本史・世界史・政治経済、理科は生物・化学・物理というように、高校並みに分けられた教科を一日三科目ずつ、丸一週間かけてテストしていくので、終わったときにはへとへとになっている。しかもまわりは全員開聖学園の生徒なのだから、気を抜いたが最後、本当にビリになりかねない。

栄北中でもテスト前一週間は部活が休みになるが、開聖学園の緊張感に比べれば呑気としか言いようがなかった。だから、うちの担任も、テストの前日にレクリエーションなどする必要はなかったのだ。それでも、きみたちの気分転換のために体育館の使用許可を取ってきてやったんだぞと言われれば、生徒としては参加するしかない。しかもバレーボールというのがよけいにいけなかったわけだが、それはあくまで結果論であって、体育館にむかいながら、卓也とおれは大いにはりきっていた。

「陽介、トスをまわしてくれよ」

「バックトスでいくから、そのつもりでな」

普通に上げるトスだと、セッターがかまえた時点で誰がスパイクを打つのか予測がつく。それがバックトスでは守備陣の裏をかくわけで、素人相手なら完全にフリーでスパイクを打てる。二、三発卓也にすごいのを決めさせて、さっさと試合の主導権を握ってしまおう。

「みんな、とにかくケガをしないようにな」

準備運動をする生徒たちを見てまわる山野先生は足取りも軽く、ときおりスキップさえしてみせた。だから、おれたちも気が抜けていたのはたしかだが、言いかえれば適度にリラックスした状態にあったわけだ。そして、相手のファーストサーブを受けた味方のレシーブがはかったようにおれの真上に返ってきたとき、おれはまったくの無心だった。レフト側にからだを開き、そちらにトスを上げる気持ちのまま、胸を反《そ》らせて、ライトの卓也にボールを送る。

我ながら見事なバックトスで、上半身をひねりながらボールの行方を追っていると、視界いっぱいにあらわれた卓也が左腕を伸ばし、広い胸を張って、右腕を思い切りふった。クロスではなく、ストレートに打ち抜いたので、卓也の右手がボールを叩く音と、ボールが大竹の顔面に当たる音が重なった。ボールは大竹を押し倒し、天井高く跳ね上がった。

「いかん。おい、大丈夫か」

主審をしていた山野先生は審判台から飛び降りて、大竹にかけよった。倒れたときに頭を打ったらしく、大竹は体育館の床に倒れたまま動かなかった。

「高見、職員室に行って、先生たちを呼んできてくれ」

目が合ったひょうしに頼まれて、あの程度で死にはしないだろうが、まずいことになったと思いながら、おれは職員室にかけこんだ。

「二人で、狙ってやったことじゃないんだね」というのが、夜九時すぎに魴鮄舎に帰ってきた恵子おばさんの第一声だった。

「ちがいます」と卓也が答えて、気をつけの姿勢をさらに正した。「あんまりいいトスが来たので、思わず打ってしまいました。狙ってはいなかったけれど、はずそうともしませんでした」

「陽介は？」

「最初からバックトスを上げると決めていたので、大竹君を狙ってそうしたわけじゃありません」

先生たちにも同じ内容を答えていたが、どこまで信用してくれたかはわからなかった。

「医者は大したことはないって言ってるんだけど、なにしろ頭を打ってるから、大竹って子の父親が怒っちゃってね。あたしだけじゃなくて、担任の先生にまで当たっちゃってさ。明日から期末テストなんだし、気持ちはわからなくはないけど、あんな怒り方をしたらおさまりどころがなくなって、かえって困ると思うんだけどね。まあ、あたしがなだめるのもおかしな話だから、放っておいたけど」

父親はともかく、大竹本人はテストを受けるつもりでいるという。

「それと、あんたたちの担任の先生……」

「山野先生ですか？」と、卓也がすかさず答えた。

「そうそう、山野さん。体育の先生にしちゃあ気弱っていうか、締まりがないっていうのか」

教師への遠慮ない品定めを聞いてから、おれたちはおばさんの部屋を出た。

「本当にさあ、気がついたら思いきりスパイクを打ってたんだよな」卓也の口ぶりには、めずらしく後悔の気持ちがあふれていた。

「おれも気がついたらトスを上げてたんだ」

「でも、悪いのはおれだからな」と言って、卓也は真顔でおれを見た。「おまえ、テストで手を抜いたりするなよ」

そんなことはかけらも考えていなかったが、たしかに明日大竹の顔を見たとたん、おかしな気持ちにならないともかぎらない。

「大丈夫だよ。それとこれとは話が別だし、おれの相手は吉見だからな。おまえこそ、あれだけ教えてやったんだから、少しはがんばれよ」

「おっ、ちょーエラそう」

お互いの意気込みを証明するように、おれたちは部屋に戻るとそのまま机にむかった。


翌朝も、おれはいつもどおり五時四十五分に目を覚まして、鲂鮄舎の玄関先でＮＨＫラジオの基礎英語を聴いた。そのあとはゆっくり朝ご飯を食べて、卓也とつれ立って登校した。

テストが始まる寸前まで教科書やノートを見ていれば、たまたまその箇所が出題されて、運良く正解できることはある。しかし毎回マグレがつづくはずはないし、テストはそんなふうに受けるべきではない。開聖学園では、テストの開始前に教科書やノートを見ている者はひとりもいなかった。席に着いたあとは筆記用具だけを机に出して、先生の入室を静かに待つ。

ここでもそうするつもりで教室に入ると、自然に目が引き寄せられた先に大竹がいて、おれが声をかけようとすると、これ見よがしにそっぽをむいた。そんなに速く首を動かせるなら、おばさんが言っていたように、大したケガではなかったのだろう。

「おい、大竹。きのうは悪かったなあ」

卓也の謝罪も無視して、大竹は吉見の机に歩み寄ったが、吉見のほうではまるで関心がないといった顔を黒板にむけていた。

そのうちに担任がやって来て、出席を取ったあとに数学の問題用紙が配られた。国語や社会は一問目から順に解いていけばいいが、理数系では全部の問題にざっと目を通し、おおまかな時間配分をしておく必要がある。たいていは簡単な数式を解く問題から始まって、文章問題、証明問題とつづいていく。見たことのあるタイプがほとんどのはずだが、新作の問題が出されることもある。ただし、それが気になって計算ミスをしては元も子もないと注意事項を確認しているうちにチャイムが鳴った。

「それでは、始め」の声とともに問題用紙をめくり、まずは落ちついて「高見陽介」と名前を書く。つづいて上から順に問題を眺めながら、「おっ」と、おれは思わず声を出した。

「高見、なんだ？」

「いえ、なんでもありません。すみませんでした」

一次方程式と連立方程式の解法に立体の体積を求める計算、それから用語の穴埋め問題がつづき、文章問題が二問、そして最後が一次関数の変域に関する問題だった。栄北中の授業でも変域について教わっていたが、これはその応用問題で、しかも難易度がかなり高くなるようにいじってある。そのせいで思わず声を出してしまったが、このあたりの問題は開聖学園の授業でたっぷり解いている。

三十分後にはすべての問題を解き終えて、おれが見直しをしていると、前のドアから数学の教師が入ってきた。

「先生、最後の問題、全然わかりません」

「これって、習ってねえじゃん」

「こういうのさあ、やめてくれねえ」

つぎつぎあがる抗議の声を聞きながらも、髪を七三に分けた年配の男性教師は笑顔を崩さなかった。

「たしかに、まったく同じ問題を解かせてはいないけれど、基本から順に考えていけば、必ず解けます。途中まででも点数をあげるから、式は消さずに、時間いっぱいまで考えてごらん。ヒントはグラフを描いてみること」

そう言いながら机のあいだを歩くうちに、教師はおれの横で立ち止まった。そして、くだんの問題を解くためのグラフと式を指で追いながら、途中で指を止めて、「うん、そうか」とつぶやいた。

ヒントでグラフを描けばいいと言っておきながら、そこからさらにひとひねりもふたひねりもしてある問題で、教師が指を止めたのは、おれがそこを最短の式で解いた箇所だった。教師は一番前まで行ってから隣の列に移り、吉見のところで立ち止まった。そして人差し指で式を追い、吉見になにか声をかけたあと、教室から出ていった。

「おい、陽介。最後の問題できたのかよ」と、チャイムが鳴るなり、卓也が大声でたずねてきた。

「ああ、できたと思う」どうしようかと一瞬迷ったが、おれは正直に答えた。

「マジかよ。おまえすげえなあ」

聞きたくないというように吉見が立ちあがり、大股で教室から出ていった。吉見は休み時間が終わる寸前になって教室に戻ってきたが、動揺はおさまらなかったのだろう。

二時間目の社会は簡単な穴埋め問題ばかりなのに、吉見はさかんに消しゴムを使っていた。金曜日には落ちつきを取り戻していたが、英語も理科も苦戦しているように見えた。

「明日が楽しみだな」と卓也がおれに言ったのは日曜日の夕方だった。

「大竹はともかく、吉見は悪いヤツじゃないんだから、あんまりいじめるなよ」

「勝ったヤツには余裕があるねえ。しかし、全部百点って本当かよ」

「国語で一、二点引かれてる可能性はあるけどね。もっとも、とんでもない勘ちがいをしているかもしれないから、答案を返してもらうまではわからないさ」

「おまえってすごいな。なんか、カッコいいぜ」と卓也に感心されて、おれは照れくさかった。

「すごくはないって。どの問題も解いたことがあるから、同じように解いてるだけだって」

「それだってすげえよ」

月曜日の授業ではつぎつぎテストが返された。教壇に立つ教師が出席簿順に名前を呼び、ひとりずつ答案用紙を受け取りに行く。全員に返し終わったところで、平均点と最高得点を公表するのが栄北中のやり方だった。しかも音楽と技術家庭をくっつけて、六時間のうちに七科目のテストを全部返してしまう。

そんなこととは知らなかったため、「平均点は五十五・二点、最高得点は百点が一名」と国語の女性教師が言ったとたん、「よし」と卓也が声をあげて、おれは思わず下をむいた。

「なんだ、陽介じゃないのかよ」

「いいえ、高見君ですよ」笑顔で答える女性教師の声につられて、おれは顔をあげた。

「マジ、吉見じゃないの？」

「うわー、ちょーハイレベル」

「見せて見せて、本当に百点なの」

開聖学園では、お互いの答案を見せ合うことなど絶対にありえなかった。それがまだ授業中だというのに男子も女子もつぎつぎおれの机にやってきて、満点の答案用紙を見物していく。二時間目の理科、三時間目の技術家庭と音楽でも同じ光景がくりかえされて、四時間目の社会ではみんなも驚き疲れたようだった。

おれは吉見がよく耐えていると思っていたが、すでに我慢も限界に来ていたのだろう。五時間目に英語のテストが返されたあと、「最高点は百点が四人」と教師が言ったのに対し、「さすがは吉見君」と大竹がお愛想をかぶせた。

「うるせえなあ。おれはちがうよ」

日頃の穏やかさとはかけ離れた口調に、教室中がしんとなった。答え合わせが進んでいくあいだも、吉見は腕を組んだままだった。六時間目は数学なのだから、さらにダメを押されることを考えて、やりきれない思いでいるのだろう。まさかなぐさめるわけにもいかず、おれは英語の答案を机に広げたまま、見たいヤツらに見せておいた。

「これで六百点でしょ。つぎの数学が満点だったら七百点だよ。ちょっと、どうしよう」

「ばーか、おまえになんか関係ないよ」群がる女子たちを押しのけて、卓也がおれの机に片手をのせた。

「魴鮄舎・イズ・ナンバーワン、ってところかな。おばさんが喜ぶぜ」

「そうでもないだろ」と答えながらも、おれは父と母に早くこの結果を知らせてやりたかった。おれはこうしてがんばっているのだから、とうさんもかあさんも負けないで。

感傷にひたっていたせいで、「えー、本当に。高見君って開聖学園だったの？　東京の？」という言葉が耳に入ってきたとき、おれは誰が何を言っているのか、すぐにはわからなかった。

「そんなヤツが、どうして魴鮄舎なんかにいるんだと思う？　理由を聞いたら驚くよ」

黒板の横では、吉見と大竹が肩を寄せあい、クラスの女子たちにおれの父親が逮捕された経緯を話しだした。いったいどうして知られてしまったのか。そう思うなり胸が締めつけられて、反対に頭は悲しさでふくれあがったようになり、おれは唇を薄く開いたまま卓也を見あげた。

「おい、黙れ！」

怒鳴り声とともに、卓也が突進した。逃げ遅れた女子をはじき飛ばし、両腕で二人の首を抱えると、大竹を投げ倒してから、左手で吉見の首元をねじりあげた。

「おい、その話を誰に聞いた」

「は、放せよ」

「放したら言うのか」

卓也が苦しげにうなずく吉見を黒板に押しつけているとき、騒ぎを聞きつけた教師たちが教室に入ってきた。

午後八時半に始まった話し合いは、十時前になっても終わる気配がなかった。栄北中学からは校長と教頭と山野先生、吉見と大竹とそれぞれの両親、そして恵子おばさんに卓也とおれという総勢十二名は、栄北中学の会議室で楕円《だえん》形のテーブルを囲んでいた。

話し合いの冒頭、おれが魴鮄舎で暮すことになった事情がなぜほかの生徒にもれたのかが、教頭によって説明された。

それによると、水曜日のレクリエーションで卓也のスパイクに直撃された大竹は、「魴鮄舎の二人組」が故意に自分を狙ったと訴えた。そのため放課後に保護者をよんでの話し合いでは、おれたちが大竹を狙ったのか、狙っていなかったのかが問題になった。証拠はないのだから水かけ論になるしかないが、恵子おばさんが帰ったあとに、「その二人は、いったいどういう子たちなんですか？」と大竹の父親がたずねて、とにかくその場を収拾したいと願う山野先生が、おれたちが魴鮄舎にあずけられるにいたった事情を話してしまったのだという。

それだけでも大変な失態だが、大竹の父親は家に帰ってから息子にそのままを伝え、今後あの二人には関わるなと釘《くぎ》を刺した。そして大竹は、期末テストでおれに負けたと落胆する吉見をなぐさめようと、自分の父親から聞いた内容を教えた。

以上の経過は、山野先生の謝罪と、スクールカウンセラーによる大竹と吉見への個別面談によってあきらかにされた。事情を知った校長と教頭は事の重大さに驚き、恵子おばさんに一連の経過を伝える一方、教育委員会とも連絡を取り合った結果、当事者である生徒たちと保護者をまじえての話し合いがもたれることになったのである。

八時半には全員が集合したものの、話し合いはすぐには始まらなかった。それというのも大竹の父親が息子の同席を拒んだからで、そのためにまずは生徒たちを参加させるかどうかを巡り、大人たちによる事前の話し合いがおこなわれた。

おれたちが会議室によばれたとき、時刻はすでに午後九時半をすぎていた。校長によると、こうした場に生徒を参加させるのは異例だが、今回はきみたちの気持ちの強さを信じて特別に判断したという。もっとも大竹の父親はとうてい納得できないという態度をあらわにして、校長にうながされてしぶしぶ立ちあがり、それが会釈《えしゃく》のつもりなのか、頭をほんのわずかに揺らせた。

「まず申し上げなければならないのは、今回の件はわれわれ栄北中学に責任があるということです。生徒の個人情報、それも児童養護施設で暮す本校の生徒たちがいかなる事情によって親元を離れているのかといった内容を外部にもらすなどということはけっしてあってはなりません……」

担任教師個人の失態ではなく、管理職を含めた教職員集団全体の問題だと受けとめているという校長の発言につづいて、恵子おばさんが立ちあがった。

「先生や保護者の方々にはくりかえしになりますけど、あたしが言いたいのは、悪いのはその子たちじゃないってこと。もちろん、うちの子たちでもない。いくら勉強ができたって、精神的にも肉体的にも未熟な中学生によけいな情報を教えた大竹君の親と、そのきっかけを作った担任の山野先生が絶対にまちがっているわけだよね」

「本当に申し訳ありませんでした」と山野先生が両手をテーブルについて頭をさげた。

「悪いんだけど、あたしはそんなふうに謝られるのが好きじゃないんだわ」と言って、恵子おばさんは大竹の父親に目をむけた。

「そちらは、今でも謝る必要なんてないと思ってますよね」

図星を指されて、大竹の父親は怒りで顔を真っ赤にした。

「あたしが一番怖いと思っているのは、大人の偏見で子供同士の関係がゆがめられることなんです。ここにいる二人は親と暮せず、うちの施設でめんどうを見ています。そこにはたしかに理由がある。でもね、大人なら誰だって、表沙汰《おもてざた》にはしたくない秘密のひとつや二つは抱えてるんじゃありませんか。うちの子たちの場合は、親の対処がへたくそで、家庭を壊しちゃったわけだけど、そのつたなさをあげつらったって、誰にもひとつもいいことはありませんよね」

「よろしいでしょうか」と言って手をあげたのは、吉見の父親だった。頭が白髪まじりなところを除けば吉見と瓜二つ《うりふた》で、こんな場でも自制心を保っていられる様子からして、かなり優れた人なのだろう。

「皆さんの前で言うことでもありませんが、わたしは自分の息子を心底情なく思っています。実は、これまで一度として、一樹を叩いたことがありません。しかし今は、実際にできるかどうかはともかく、本気で息子を打ち据えたいと思っています。おそらく妻もそうでしょう」

そこで吉見の父親は目を伏せて、こらえかねた怒りを散らすようにからだを震わせた。

「もっとも、わたしが息子と完全に同じ立場におかれたとしたら、同じように愚かな行動に出ていたかもしれないとも思っています。その意味で、後藤さんが言われたことは全く正しいと思います」

それから吉見の父親は卓也とおれにむかって謝罪をし、まことに失礼だがと断ってから、きみたちはお互いがどうして施設にいるのかを知っていますか、とたずねた。

「知りません」とおれが言うと、吉見の父親はつらそうに目をつむった。

「ぼくは、陽介が開聖学園の出身で、親父さんがなにかしたらしいということまでは知っています。でも、それ以上は気にしてもしかたがないし……」

「うそをつくんじゃない」と言って、大竹の父親がテーブルを叩いた。「気にならないわけがないだろう」

「大竹さん」校長は椅子から立ちあがると、興奮した相手の前に進み出た。

「僭越《せんえつ》かもしれませんが、わたしはあなたの気持ちがわかりますよ。立場上、生徒に関する事情を知ってしまうと、この子はこんな苦しみのなかで育ってきたのかとか、この子の親はなんてこらえしょうのない人間なのかといった偏見がどうしたって生まれますからね。そして、つい生徒自身までがだらしがないように思ってしまう。でも、そんなときは生徒同士のつきあいに学ぶんです。正直にいえば、魴鮄舎の生徒へのいじめはあります。ただし全員がいじめているわけじゃない。なかにはごく普通につきあえている子たちもいて、わたしはつくづく感心するんです」

校長の話はさらにつづいたが、大竹の父親はそれでも納得できないようだった。あまり上等とはいえない背広を着て、太り気味の顔で荒い息をはく夫の横では、髪の毛の薄さが目立つ妻がゆがんだ顔をうつむかせていて、おれはしだいに大竹のことが気の毒に思えてきた。

校長は、自分自身にも戸惑いがあったため、教師たちへの指導も不十分になってしまい、それが結果的に今回の事態を招いてしまったと考えていると話をまとめて、最後に深く頭をさげた。

「わかりましたよ。たしかにわたしが悪いんでしょう」

そう切り出すと、大竹の父親は両手をテーブルについて立ちあがった。

「こうなった以上、息子は転校させます。どこか近くの中学校を紹介してください。親子そろってここまで恥をかかされたんじゃあ、とても栄北中にはいられませんからね。

そうでしょう、吉見さん」

土壇場に来ても道づれをつくろうとする強引さに、おれはことばもなかった。吉見の父親も困惑した顔を校長にむけている。

「親の都合で、なにを勝手に決めてんだい」恵子おばさんの声が響き、会議室の空気が一変した。

「まったく、なんのためにこの子たちを参加させたと思ってんのさ。吉見君、あんた、よその学校に転校して、そこで一番になりたいかい。それとも、今回こてんこてんに負けた陽介と一緒に勉強して、二人でもっと上をめざしたいかい。自分ところの子を自慢するのは気がひけるけど、北海道中を探したって、ここまでできる中学生はそうはいないよ」

恵子おばさんのことばを受けて、吉見が父親と目を合わせた。そしてお互いうなずくと、吉見は背筋を伸ばした。

「高見君、悪かった。ごめん」

「おう、気にするなよ」

「よし、そうこなくちゃね。さあ、大竹君。吉見君は栄北中に残るってさ。きみだって、いつか卓也の顔にスパイクを叩きつけてやりな」

「そんな、なにを言ってるんだ」劣勢を悟った大竹の父親があえぐようにつぶやいた。

「大竹さん。あんた、今ここで、うちの二人がどうして施設に入ることになったかを言ってごらん。なんなら山野先生と二人ででもいいからさ。先生も、大竹さんと一緒で、担任をはずしてくれって校長さんに頼んだそうだけど、生徒たちが学校に残るって言ってるのに、そんな勝手は許さないからね」

おばさんは一気にたたみかけると、これで文句はないだろうというように顎をつき出し、平たい胸を張ってみせた。

「大竹さん。それから息子さんも……」と吉見の父親が言いかけて、「徹《とおる》だよ」と吉見が耳打ちした。「そう、徹君も。うちの一樹がふがいないばかりにご心配をおかけしたのがなにもかもの発端なわけで、どうかわたしに免じて許してやってください」

そう言って頭をさげると、吉見の父親はおれたちにもていねいに頭をさげた。

二組の親子が先に帰り、山野先生も教頭と一緒に校内の見まわりに行ったので、会議室には卓也とおれ、恵子おばさんと校長先生の四人になった。

「本当に申し訳なかったね」と言うと、校長はあらためておれたちに頭をさげた。

「いいえ、そんなことはありません」と答えてから、おれは卓也を見あげた。「でも、あいつらが転校しなくてよかったたな」

「うん。今度は親子対抗でバレーボールをやって、大竹の親父をふっとばしてやるぜ」

そう言って卓也が腕をふったので、恵子おばさんは大笑いしたが、校長先生は気まずそうな笑顔を見せただけだった。

「いろいろお世話になりました」と恵子おばさんが言ったので、おれたちも右にならえでお礼を言った。

「いやいや、悪いのはわれわれのほうなので」と校長はすっかり恐縮して、「お詫《わ》びに、きみたちにひとついいことを教えましょう」と言った。

「実はぼくは、恵子さんの大ファンでね。彼女の芝居は全部観《み》ているから、いつかぜひそのときのことを……」

「やめてよね。なに言ってんのよ」と恵子おばさんが校長の口を手でふさいだ。

おばさんはまだ校長と話していくというので、卓也とおれは二人で校門を出た。ふりかえると、校舎の時計は十時半をまわっていた。

「長い一日だったなあ」

卓也がつぶやいたとき、夜空に星が流れた。

「あっ」

「なんだよ」

「流れ星、初めて見た」

また流れたら願い事を言おうと、おれは夜空を見あげながら歩いていった。

「おれの親はさあ……」そう言いかけた卓也が、「まあ、いいか」とつぶやき、空に目がけてスパイクを打った。

「おばさんって、どんな芝居をしてたんだろうな」と、おれはさっきから気になっていたことを口に出した。

「一度石井さんに聞いたことがあるんだけど、あのまんまだってさ」

「あのまんまって、肩をいからせて、気合いの入った台詞《せりふ》をがんがん言って」

そこで卓也が笑いだし、おれもつられて腹を抱えた。ふいに、おばさんはもう舞台に立たないのだろうかと思った。つづいて、どうして児童養護施設を運営することになったのかも知らないのに気づいたが、卓也とおれがそうであるように、人と人はお互いの何もかもを知らなくてもつきあっていけるのだし、だからこそ、いつかすべてを知っても、それまでと変わりなくつきあいつづけられるのだ。自分の思いつきを忘れないように頭のなかでくりかえしながら、おれは卓也と並んで魴鮄舎にむかって歩いていった。

2

「陽介。夏休みになったら、奄美《あまみ》に行くからね」

恵子おばさんにとつぜん宣言されても、おれにはなにがなにやらさっぱりわからなかった。

「奄美って言ったら、奄美大島に決まってるじゃないか。なんだい、鳩《はと》が豆鉄砲をくったみたいな顔をしてさ」

そう言い残すと、あとはあんたが教えてやりなというように卓也をひとにらみして、恵子おばさんは自転車にまたがり、魴鮄舎の玄関先から大通公園方面へと走り去った。

きのうの、期末テストの結果に端を発した騒動の余韻がまだ残っていたせいもあって、おれはママチャリに乗って遠ざかるおばさんの姿をぼんやり眺めていた。

「奄美か。そういえばそうだったなあ」

おばさんの言いつけとあれば二つ返事でしたがう卓也も気が抜けた声でつぶやいただ

けで、おれたちは玄関を入って二階にむかった。「夏休み」「奄美大島」と気になりはしても、今日一日が無事にすんだ安心感からどっと疲れが出て、おれは部屋に着くなりベッドに倒れ込んだ。

昨夜、栄北中から鮒鮴舎に戻ったときにはすでに十一時に近く、卓也とおれはシャワーを浴びただけで眠ってしまった。そのまま朝まで眠りつづけたのはよかったが、目を覚ましたあとは、今日はいったいどうなるのだろうという心配で、食事がのどを通らない。おばさんはすべて丸くおさめたつもりでいるのだろうが、こっちはまた吉見や大竹、それに山野先生と顔を合わせなければならないのだ。それは卓也も同じらしく、箸も持たずにじっと腕組みをしている。

恵子おばさんはそんなおれたちの様子が面白くてしかたがないようで、「なに辛気《しんき》くさい顔をしてんのさ。むこうだって気まずいのは一緒だよ」と聞こえよがしに励ましてきた。

鮒鮴舎のみんなにもうわさは伝わっているらしく、食堂がざわついたが、卓也がにらむといっぺんに静かになった。

それでも学校に着いてみれば、ホームルームを校長がのぞきに来ただけで、おばさんの言ったとおり、何事もなく一日がすぎていった。ただし気疲れが半端ではなく、開聖学園を受験したときだって、ここまでへたばりはしなかった。

「きっと吉見も大竹も、今頃へとへとになってるさ」と、おれが言うと、

「吉見はそうだろうけど、大竹はどうかな」と、卓也が二段ベッドの上から的確なツッコミを入れて、おれは顔のすぐ前にあるベニヤ板を見つめた。

おれたち四人は、同じひとつの事件に巻き込まれた。しかし、お互いが与え合った傷にどうむき合うのかは、四人四様でちがうのが当然だ。こうした事柄に正解などなく、長い月日をかけて、それぞれのしかたで考えつづけるしかない。ことばは交わさなくても、しっかり前をむいて授業を聞く吉見の態度からはそうした覚悟が伝わってきた。ところが大竹は、あの父親の忠告によるのだろうが、朝から一度も吉見に近づこうとしなかったし、ましておれたちとは絶対に目を合わせないようにしていた。

一番きついのは大竹かもしれないな、と胸の内でつぶやいていると、「忘れてた。奄美に行くんだ」と言うなり卓也がベッドから飛び降りて、あとは夏の旅行の話になった。

魴鮄舎で暮らしている生徒にも夏休みはやってくる。児童養護施設にあずけられているとはいえ、中学生らしく様々な経験にひたる権利はあるわけで、そのための手当も支給されている。通常は生徒ひとり当たり年三千円なのだが、それではなにもできないから

と、恵子おばさんは「魴鮄舎分室」の名目で奄美大島の民家を借りた。そして去年から、二年生を対象に、約二週間の宿泊旅行をしているのだという。ちなみに三年生は札幌に居残って受験勉強に励み、一年生は士幌《しほろ》の山小屋に泊まりにいく。

「奄美大島なんて、往復の交通費だけだってそうとうかかるじゃないか」

「そこをなんとかしちゃうのがおばさんのすごいところさ」

自分の手柄のように胸を張る卓也にしても、なにがどうなって六、七人ぶんの旅費まで出ているのかはわかっていなかった。そのうえ引率は今年も石井さんがつとめるというので、おれたちは土曜日の夕方に二十四軒のマンションを訪ねた。

「やあ、二人そろってとはめずらしいじゃないか」

笑顔の石井さんに迎えられて、なるほどそうだと、卓也とおれは顔を見合わせた。

魴鮄舎と奄美大島を結びつけたのは石井さんだった。和田《わだ》さんという、獣医をしている北大恵迪寮の後輩が五年前から奄美大島に移り住んでいて、おととしの二月に奥さんと娘さんを亡くしたあと、石井さんはひと月ほど北海道を離れて南の島ですごした。奄美大島は初めてだったが、すっかり気に入り、それならここに住めばいいよと勧められて、一軒の家に案内された。バナナやガジュマルの木に囲まれた古い木造家屋で、三年前に和田さんの祖母が亡くなってからは空き家になっている。

札幌に戻ってその話をすると、恵子おばさんの目の色が変わった。和田さんのことも少しは知っているらしく、すぐに連絡を取りたいという。

その後の経緯は石井さんも飛び飛びにしかわからないが、恵子おばさんは北海道と鹿児島県の双方に働きかけて、魴鮄舎で暮す生徒たちが夏期休暇中に宿泊する施設として和田さんの家を使用することを認めさせることに成功した。行政の認可があれば、児童の活動には相当額の補助金が支給される。

「おれに引率させるのも、食費以外に金がかからないからだと思うよ」との石井さんのことばに、おれたちは深くうなずいた。頭の片隅では、夏休み中に石井さんをひとりにしないための、恵子おばさんなりの配慮ではないかとも思っていたが、それはあえて口に出すまでもないことだった。

日程はすでに決まっていて、一学期の終業式をすませた七月二十四日の深夜に小樽《おたる》からフェリーで舞鶴《まいづる》にむかい、そこから先は陸路で鹿児島まで南下する。去年は初めてとあって飛行機を使ったが、せっかくだから船と電車でゆっくり行こうよと言い出したのは、意外にもありさと奈津だという。

「鉄子」とは「鉄道好き女子」の略称だが、はやりに乗せられて関連本を読むうちに、二人は時刻表をめくって紙上の旅を楽しむようになった。

「去年の夏だって、あいつらは士幌からの帰りに鈍行列車を乗り継いで、北海道中をまわってきたんだぜ」

と卓也が言って、おれは日頃の様子とのギャップに驚いた。鮖鯱舎の廊下を歩くのさえ戸惑いがちに見える二人に、どうしてそんなマネができるのか。

「線路の上なら安心なんだってさ。列車は時刻表どおりに来ないこともあるけど、それだってアナウンスで教えてくれるわけだしな」

そう言われてもまだ信じられなかったが、二人が作成したという旅程表を見て、おれはようやく納得がいった。

小樽→舞鶴間をフェリーで行き、舞鶴から先は山陰本線で日本海沿岸をひたすら西にむかう。ただし関門トンネルで九州に入ったあとはルートが分かれていた。

①日豊《につぽう》本線で鹿児島に直行する。
②鹿児島本線で肥薩《ひさつ》おれんじ鉄道をはさみ、一路鹿児島をめざす。
③日田彦山《ひたひこさん》線と久大《きゆうだい》本線で久留米《くるめ》まで行き、久留米からは鹿児島本線。
④日豊本線で大分に行き、阿蘇《あそ》高原線で九州を横断して、熊本からは鹿児島本線。
⑤日豊本線で都城《みやこのじよう》まで行き、吉都《きつと》線と肥薩線を経由して鹿児島へ。
⑥鹿児島本線で八代《やつしろ》まで行き、肥薩線経由で鹿児島へ。

九州一円の路線地図にそえられた緻密な旅程表を目で追いながら、おれはどうにでもしてくれという気分だった。すべて普通列車に乗ることを前提にしているため、いずれのルートを選んでも、舞鶴から鹿児島まで丸三日以上も電車に揺られていなくてはならない。さらに鹿児島から奄美大島の名瀬《なぜ》港まではフェリーで十二時間かかる。

「本当はあの二人、あみだくじみたいに九州を何度も横断しながら鹿児島まで行きたいんじゃないか」

六つのルートを色別に塗り分けた路線地図を見ているうちに思いついて言うと、「やっぱりそう思うよな」と石井さんが真顔でうなずいた。

船と鉄道の旅も楽しいだろうが、季節は夏なのだし、三日も電車に乗りっぱなしではたまらない。現在石井さんが二人の計画を手直し中で、おおよそのところはできあがっている。恵子おばさんは、士幌の林間学校が終わったあとに奄美までくることになっているが、実際はどうなるかわからない。

「そうか、おばさんは一緒じゃないんだ。ところでさ、卓也は海で泳げるのかよ。おれ、泳ぎはけっこう得意なんだ」

「うん、いや、普通かな。すみません、おれ、先に帰るんで」

石井さんに頭をさげて立ちあがると、卓也は小走りで玄関にむかい、つづいて廊下を走り去る足音が聞こえてきた。

「なんだ、あいつ」とおれは文句を言ったが、石井さんは座布団にあぐらをかいたままで、立てつづけにため息をついたあとにようやく口を開いた。

「ここじゃあ、あれだから、車で送りがてらでいいかな」

独り言のようにつぶやく石井さんにうながされて部屋を出ると、おれは駐車場に停《と》められた車の助手席に腰をおろした。

「実は、前から卓也に頼まれていたことがあってね。自分がどうして魴鮄舎で暮すようになったのかを、陽介に説明してやってくれって言うんだ」

エンジンをかけたところで石井さんが話しだして、おれは事情を理解した。

卓也は二度捨てられた。一度目は生まれたとき。実母である女性は、深夜マンションに忍び込んできた見知らぬ男にナイフを突きつけられレイプされた。また来られたらという恐怖にかられてすぐに引っ越したものの、恋人や家族に知られたらという心配から女性は警察に届けられず、自分なりに避妊処置をしたつもりでいたが、やがて妊娠していることに気づいた。

妊娠二十二週をすぎると中絶できないため、女性は十八週目でようやく病院に行く覚悟を決めた。ところが彼女を診察した医師は胎児の様子からすでに中絶可能な期間をすぎていると主張し、動揺した女性が妊娠にいたった事情を打ち明けると、警察に相談するように勧めてきた。ひとり暮しだったことに加え、事件から三ヵ月以上がすぎていたこともあって暴行被害の立証は難しく、事情聴取は彼女の両親や恋人、それに職場の同僚にまで及んだ。女性は精神的なショックからうつ病になり、両親が雇った弁護士のたすけによって、出産後に親権を放棄することが認められた。近藤《こんどう》卓也という名前は女性が住んでいた街の市長がつけた。

卓也が近藤姓でいたのは一年足らずだった。

養子を望む夫婦にとって、子供はなるべく幼いほうがいい。できることなら生まれてがいい。一から子育てができるし、なにより実親の影響が少ないからだ。

しかし、そんな赤ん坊はめったにいない。養子の対象になる子供は、実親が養育を放棄したために児童相談所が保護しているケースが大半であり、十分な愛情をそそがれないどころか、虐待を受けてきた子供も多く、引き取ったあとに並々ならぬ苦労が予想される。そうしたなかにあって、生まれて間もない卓也にはいくつもの夫婦から申し込みがあった。そして入念な審査の結果、卓也は柴田《しばた》夫妻に引き取られた。

決め手になったのは、夫妻の経済状態と特別養子としての縁組を望んでいることだった。養子には「普通養子」と「特別養子」の二つがある。普通養子では、戸籍に実親と養父母の四人の名前が記載されて、続柄の欄には「養子」「養女」と記入される。つまり戸籍を見れば、その人が養子であるとわかってしまう。

一方、特別養子では、戸籍にも養父母の名前だけが記されて、続柄の記述も通常の「長男」「長女」といったものになる。それ以上に大きなちがいは、普通養子では縁組後も実親との法的関係が残るのに対して、特別養子では完全に関係が切れてしまうことである。養父母が一番警戒するのが実親との関係であり、ようやく一人前に育てたのに、産んだのは私なのだからと復縁を迫ってきたり、金銭を要求されるケースもあって、養子縁組を広めるうえでの大きな障害になってきた。

特別養子制度はそうした点に配慮をし、養父母と子供の関係を第一に保護するものとなっている。そのかわりに、縁組成立後の親子関係の解消を原則として認めないため、審査は普通養子に比べて格段に厳しい。単に家業を継がせるためであったり、養父母の夫婦関係が安定を欠く場合にも縁組は認められない。さらに六ヵ月以上の監護期間がある。

そうした慎重な手続きを経て、卓也は柴田夫妻の養子となった。結婚後に夫が無精子症であることが判明し、しかも妻は夫以外の精子で妊娠することをかたくなに拒んだ。

十歳までアメリカで育った夫は養子に対する心理的な抵抗が少なかったのだろう。五つ歳下《としした》の妻も、生まれてすぐの赤ちゃんを引き取れるならと、夫の希望を受け入れた。

「名前は卓也をいただきます。自分たちでつけてもいいんでしょうが、響きも良いし、なによりこの子に合ってますからね。それと、予定を早めてロスに引っ越そうかと思っているんです。アメリカでは養子なんて当たり前だし、そのほうが妻も人目を気にせず育てられるでしょう」

友人たちと共同でコンサルタント会社を経営している夫のそんなことばも審査官の心証を良くしたというが、結局アメリカ行きは実現しなかった。また妻としては、あくまで夫の願いを叶《かな》えたいという気持ちから養子縁組に応じたので、懸命に子育てに取り組みはしたものの、ついに母親らしい愛情を抱くにはいたらなかった。

それでも夫婦がそろっていれば、それなりの親子として暮らしていけたにちがいない。しかし卓也の十歳の誕生日の前日に父親が交通事故で死亡したことで状況は一変した。遺体の損傷が激しかったことも衝撃を大きくしたのだろう。母親はパニックにおちいり、夫が卓也への誕生日プレゼントを買いに出たときに事故にあったせいもあって、悲しみのすべてを十歳になったばかりの子供にむけた。

「実の母親が暴行されて妊娠したことや、本当は養子なんて嫌だと思っていたけれど、夫への気がねからしかたなく育ててきたんだってことを、卓也を子供部屋に閉じこめて、連日連夜話して聞かせたっていうんだから、卓也がよく辛抱したというしかないよな」

札幌郊外の山道を走りながら話しつづける石井さんもたまらなくなったらしく、ハザードランプを出して路肩に車を停めた。

「ちょっと、お茶でも買ってくるわ」

ドアを開けて舗道に降りると、石井さんは上着のポケットからタバコを取り出した。それがくせなのか、煙をはくのに合わせてタバコを持った右手を横に大きく伸ばし、自販機にむかって歩いていく。

卓也の事情を話すのもつらいが、養子をもらおうとしていた自分たち夫婦の姿も重なって、気持ちがめいってしまったのだろう。石井さんはおれにペットボトルをわたしたあとも、タバコを吸い終わるまで車の外に立っていた。

母親は罵るだけではおさまらず、やがて卓也の腕をつねったり、足を踏みつけるようになった。卓也がされるがままになっていたことも、母親の怒りを増幅させたのだろう。葬儀のあと一週間以上も連絡がとれないことを心配して小学校の担任教師が家を訪れるまで、卓也はひたすら耐えていたという。

「でも、そこからは早くてね。母親が、家庭訪問に来た担任教師に殴りかかったんで、卓也はそのまま児童相談所に保護されたってわけだ」

石井さんはそこまでを話すと、「めでたし、めでたし」と陽気な声で言って口をつぐんだ。

もちろん、なにひとつすんではいない。特別養子として縁組をした以上、卓也は柴田姓を名のりつづけるしかないのだし、母親の戸籍には彼女の「長男」として卓也の名前が残る。

その母親がどこでどうしているのかや、卓也が魴鮄舎に来た頃の様子もきいてみたかったが、おれは黙って車の助手席から夜の街並を眺めていた。

十日後、おれは夜の日本海を進むフェリーのデッキにいた。小樽港を午後十一時半に出発し、みんなと一緒に二等の桟敷席《さじきせき》で横になったものの、大型船の緩慢な揺れは独特で、なかなか寝つけない。そのうちに船酔いまでしてきて、おれはこっそり船室を抜け出した。

潮まじりの風を受け、波の音を聞きながら考えていたのは、夫婦であり、親子であるというのは、そんなにもつらく苦しいことなのかという疑問だった。おれの父は浮気をつづけたあげく、愛人に貢ぐための金を横領した罪で逮捕された。卓也の養母は、夫の死後、自分が子供の保護者であることに耐えられなかった。恵子おばさんの夫だった後藤善男という人も、浮気によって結婚生活から降りている。石井さんだって、もしも奥さんが生きていたら、あんがい似たようなまちがいをしでかしていたかもしれない。

少しくらい気持ちが揺れたっていいが、ぎりぎりのところでは妻子を選んでほしい。だから、おれは恵子おばさんの両親につくづく感心していた。

二人はおれの母の両親でもあるが、おじいちゃんは札幌に移ってまもなく脳出血で死んでしまったそうだし、おばあちゃんはすっかりぼけている。母から思い出話ひとつ聞いていなかったせいもあって、おれにはやはり恵子おばさんの両親と呼ぶほうがしっくりくる。そして、二人が離婚した娘のために福井の家をたたんでかけつけたからこそ、今のおばさんがあるのではないかと、おれは思うのだ。誰にでもできることではないかもしれないが、親であるなら、本当はそうあってほしい。

我慢、忍耐、辛抱。相撲部屋の標語のような単語が頭に浮かび、おれは首をかしげた。親とは、子供を育てるためにひたすら耐える存在でしかないのだろうか。いや、そんなはずはない。子育てのなかでしか味わえない喜びはあるはずだし、自分が親にしてもらったように子供にもしてやることで、人は代々つながっていくのだ。

なるほどそうだと納得しながらも、それなら親は子育てだけをしていればいいのかと疑問がわいて、おれはまた考えつづけた。

卓也ほどではないが、おれは恵子おばさんに感心していた。では、母に対してはどうかというと、感謝はしているが、感心はまったくしていない。料理は母のほうが格段に上手だし、喜怒哀楽の激しいおばさんとちがい、母はいつも穏やかだった。姉妹なので顔のつくりはいい勝負でも、おばさんは髪はバサバサだし、肌の手入れをしているところなんて見たことがない。反対に、母は化粧を欠かさず、陽介のかあさんてきれいでいいよなと、小学生の頃はよく友達にうらやましがられた。

それでもおれは母に物足りなさを感じていた。とくに嫌だったのが毎朝の見送りで、玄関まででもうっとうしいのに、母はおれのあとから通りに出て、ひとつめの角までついてくる。しかも、おれがバス通りを曲がるまで、その場を動かずにいるのだ。

子供はひとりきりなのだし、勤めてもいないので、時間はたっぷりある。おかげで家のなかはいつも整っていて、手作りのおやつはおいしいし、夫が単身赴任中の家庭をひとりで切りもりするのは大変だろう。それでも、やる気があれば、母にはもっといろいろなことができるのではないかと、おれは思うことがあった。

もっとも、そんな優雅な暮しは、母の手から永遠に失われてしまった。恵子おばさんだって、若い頃に夢見た暮しとはかけ離れた人生を送っているわけだが、母が父の尻ぬぐいに追われておろおろしているのに、おばさんは苦境をものともしていないように見える。ひとりで十四人の中学生のめんどうを見るのは並大抵のことではないし、それぞれが複雑な事情を抱えているのだからなおさらだ。母には、逆立ちしたってできっこない。

父の横領が露見しなければ、おれは恵子おばさんや卓也と出会うことなく、母に対してもここまで突き放した見方をしないですんでいたはずだ。それなら鮒鰤舎を知らず、あのまま朝霞の家で暮しているほうがよかったのだろうか？

そう思うなり、おれの目の前に朝霞の家があらわれた。ドアを開けて玄関に入ると、なぜかもう二階にある自分の部屋にいて、おれはベッドに腰かけてＤＳのゲームを始めた。小学校から帰って、塾に行くまでの憩いのひととき。外では近所の子たちの騒がしい声がしているが、おれがみんなとあそべるのは塾が休みの水曜日だけだった。そここそ人気者だったし、母も愛想がいいので、水曜日にはいつもクラスの友達四、五人が家に来て、近くの公園でサッカーをしたあとに母が作ってくれたクッキーやババロワを食べる。

水曜日以外は毎日塾で、晩ご飯は母が持たせてくれるお弁当だし、夜九時までたっぷりしごかれて家に帰ればあとは寝るだけ。ここでがんばっておけばこの先どれだけ楽になるかと母にくどいほど説得されて、これで志望校に落ちたらと思うと不安で眠れない夜もあった。それでも勉強をつづけたのは父と母の期待にこたえたかったからだ。

おれはゲーム機を置いてベッドに寝ころんだ。眠りなれたベッドと枕の感触に包まれてうとうとしかけたところでからだが揺れた。目を開けると、おれの前には真っ暗な海が広がっていた。夢を見ていたのだと気づくなり、涙があふれて止まらなくなった。

もうあの頃には戻れない。それに、朝霞の家を失ったからこそ、おれは恵子おばさんや卓也や石井さんと知り合えたのだ。それはそのとおりだが、できることならもっと穏やかにかれらと出会いたかったし、なによりおれはまだ父や母と一緒にいたかった。

涙にくれながら夜の海を眺めているうちに空が白みはじめて、腕時計を見ると四時をまわっている。船室を抜け出したのが午前二時前なのだから、教科書も問題集もなしに、二時間以上も考えつづけたことになる。そう気づいたとたんに頭がしびれて、指でまぶたをもんでから海に目をやると、すぐそばをイルカが泳いでいる。

フェリーと並走するのが楽しいらしく、イルカは水面に跳ね上がったり、水中できりもみをしながらついてくる。そのうちに二頭三頭と仲間が集まり、ついには三十頭もの大群が船を囲んで、おれは海そのものに祝福されている気がした。そういえば、この船がめざす若狭《わかさ》湾は、おばさんや母たちの故郷なのだ。

水平線にむかって姿勢を正していると、やがてイルカたちは遠ざかっていき、入れかわりに寝ぼけ顔の石井さんがあらわれた。

「十五分くらい前に気づいてさ。トイレにしちゃあ、長いから」

「すみませんでした。あの、ついでで悪いんですけど、ひとつきいてもいいですか」

おれは石井さんと並んでデッキの横木にもたれ、劇団舫舢舎の看板が児童養護施設の入口にかけられるまでのいきさつを聞いた。そのあと船室に戻って昼すぎまで熟睡し、起きてからはまたひとりで海を眺めているうちに日が暮れて、フェリーは予定どおり午後九時に舞鶴港に到着した。

船もそうだが、鉄道もまた、ものを考えるのにぴったりな乗り物である。昨夜、もよりの東舞鶴駅から電車で福知山《ふくちやま》駅に着いたのは十時半すぎだった。宿泊はJR職員の詰め所だと言われていたが、交渉したのは恵子おばさんなので、石井さんも本当にそんなところに泊めてもらえるのかと半信半疑だったのだろう。ホームで迎えてくれた駅員に案内されて、おれと一緒の二人部屋に落ちついたあと、タバコを一服してから、「ああ、悪い」と気がつくありさまだった。しかも、明日は四時五十分発の始発電車に乗らなければならない。

「まったく、海釣りをしに来たんじゃないんだからなあ」

石井さんの嘆きをよそに、おれは先にシャワーを浴びるとベッドに入った。肩を揺すられて目を覚ましたときには外はまだ暗く、着替えをしたり、顔を洗ううちにようやく空が白んできた。

まずは福知山から尼崎《あまがさき》まで出て、山陽本線づたいに快速や鈍行電車を乗り継いでいくと、午後九時半には福岡県の大牟田《おおむた》に着くのだという。ちなみにありさと奈津が希望した山陰本線まわりでは、大牟田に着くのが深夜になる。どこか不満げな〝鉄子たち〟を尻目に、始発電車のシートにすわると、おれはフェリーで石井さんから聞いた話を思いかえした。

離婚後の恵子おばさんの苦闘は、おれの予想をはるかに超えたものだった。劇団の主宰者であり、作・演出も担っていた後藤善男さんの離脱により、劇団魴鮄舎は一九九三年六月を以《もっ》て解散した。しかし医師という将来をなげうってまで選んだ芝居の道を、離婚ぐらいで諦めるわけにはいかない。そこでおばさんは、魴鮄舎が公演をおこなっていた琴似《ことに》の赤レンガ倉庫をフリースペースとして運営することを思い立った。自分は裏方にまわり、演劇、映画、音楽とあらゆるジャンルを取り込んで、人々が集える空間を創り出す。

札幌では初の試みとあって、「琴似・赤レンガ倉庫」のオープンはマスコミにも大きく取り上げられた。プロよりも、学生やアマチュアサークルの公演が主だったが、倉庫の入口には鲂𩸽舎の看板が掲げられて、おばさんも手ごたえを感じていた。

ところが四年後、ＪＲ琴似駅前の再開発にともない、倉庫の所有者が契約を打ち切りたいと言い出した。月々の家賃はきちんと払ってきたのだし、札幌における文化活動の拠点にもなっている。再開発計画の撤回を迫るため、おばさんたちは署名集めに奔走したが、かえって現実を思い知らされることになった。

自分たちでは商店街をはじめとする近隣の人々に支持されていると思ってきたが、赤レンガ倉庫の存続を願う声はほとんど聞かれなかった。それどころか、面とむかって、なくなってせいせいすると吐き捨てる人さえいたという。

「学生でもないのに、いつまでも遊んでるんじゃないってことなんだろうな。実際そんな雰囲気もないわけじゃなかったし」

その頃石井さんは留萌《るもい》の高校にいて、時折様子を見にくるくらいだったが、傍目《はため》にも赤レンガ倉庫の限界はあきらかだった。企画はかわりばえがしないし、観客も似たような顔ぶればかり。それでも、おばさんは最後まで倉庫の存続を訴えていた。

「恵子にとっては、善男と別れたときよりもきつかったんじゃないのかなあ。倉庫がつぶされて、とうとうなにもできなくなったわけだからさ」

しかし、おれが驚いたのは、当時おばさんがしていた仕事だった。実入りがいいし、いざというときには代役がきくからと、恵子おばさんはラブホテルや雑居ビルのトイレ掃除をしていたという。赤レンガ倉庫の消滅後は〝お掃除おばちゃん〟として本格的に働いていたが、おばあちゃんのぼけが進み、仕事に出られない日が増えてきた。

このままではにっちもさっちもいかないとなったときに、かつての医学部の同級生から紹介されたのが、彼女が主治医をつとめる児童養護施設のまかないだった。三度の食事のしたくをするのには通いよりも住み込みのほうが適しているため、娘と母親も一緒でいいからと言われて、おばさんは一も二もなく引き受けた。

一年二年と働き、子供たちのおかれた窮状を知るにつれて、おばさんはしだいに怒りを覚えてきた。調理の担当者でありながら、無気力な職員につめ寄ったり、子供同士のいじめをやめさせたりと、立場をわきまえない行為が増えて、それなら自分でやるしかないと決意するまでに、そう長い時間はかからなかった。

別れた夫の叔父に上杉三郎《さぶろう》という札幌在住の弁護士がいて、かねてより恵子おばさんの身の振り方に気をもんでいた。児童養護に関わりたいとはめずらしく殊勝な選択だが、恵子さんの性分なら、ひとりで少人数の世話をするほうがいいんじゃないか。それならおあつらえむきの家があるといって紹介されたのが、現在の鲂鮄舎だった。

もとは「黒百合《くろゆり》の家」という、札幌では草分け的な民間の児童福祉施設だったが、運営していたクリスチャンの夫婦が歳をとり、十年前に施設を閉じた。その後夫が亡くなり、妻も市内の老人ホームに入っている。子供がいないため、上杉弁護士が財産の管理を任されていて、奥さんが亡くなった場合は土地と建物を札幌市に寄贈することになっているが、やる気があるなら貸してもらえるように頼んでもいい。

願ってもない話におばさんは喜び、これまで見てきた児童養護施設の弱点を補うために考えだされたのが、施設からはじき出された中学生たちを対象にしたグループホームだった。

「こんなことを言うと、恵子にぶっ飛ばされそうだけど、役者よりもむいてるんじゃないかって、おれはひそかに思ってるんだよなあ」

石井さんはおかしくてたまらないといった顔でそう話し、ただし絶対に恵子には言うなよと釘《くぎ》を刺したのだった。

尼崎から明石《あかし》まではいくらか混んだものの、夏休み中の日曜日にもかかわらず、十時前に播州《ばんしゅう》赤穂《あこう》駅で岡山行きに乗り継いだあとは乗客もまばらで、いかにも旅らしくなってきた。

ありさと奈津は路線図と時刻表を広げて、外の景色と紙上の情報を照合するのに夢中だし、卓也と健司はひたすらＤＳでゲームをしている。石井さんはおれと一緒のボックスにいて、分厚い推理小説のページをめくっていたかと思うと、ノートに何事かを書きつけている。ときどき卓也がおれに目をむけているのに気づいていたが、ひととおり気持ちの整理をつけてしまうまでは、とても話せそうになかった。

父によると、母は姉である恵子おばさんの型破りな生き方に強いコンプレックスを抱いていたというし、おれも実際におばさんに会うまでは、はた迷惑な人だなあくらいにしか思っていなかった。石井さんから、離婚後のおばさんの悪戦苦闘ぶりを聞きながら、その思いはさらに強まったが、それと同時にこんな人が本当にいるのだと、おれは驚きを新たにしていた。

おばさんは常に自分からしかけて人生を切り開こうとしてきた。それに対し、母にとって最大のテーマは、いかに安全かつ裕福に暮すかだった。結局、姉妹仲良く夫に裏切られ、四十代になって働きづめの生活を強いられているわけだが、自分から行動した結果として、甘んじて不遇を耐え忍ぶのと、困難を避けようとしたあげく、不幸におちいるのとでは天と地ほどの開きがある。

それなら、おばさんの子供だったほうがよかったのかというと、その想像には正直尻ごみせざるをえない。石井さんによれば、現在都内の看護大学に在学中の花さんは恵子おばさんの最大の理解者だそうだが、そうなるまでには長く激しい母娘の諍《いさか》いがあったという。おれにしても、伯母と甥《おい》という間柄だからどうにかつきあっていられるのであって、本当の親子だったらとうに逃げ出していたかもしれない。

ただし今のおれは、おばさんを知らないままの自分を想像できなかった。いや、想像するのはさほど難しくはない。開聖学園中等部の二年生として、日夜勉強と部活に励み、きたるべき大学受験にむけて邁進《まいしん》する自分の姿は手に取るようにわかる。このまま開聖学園に戻れなくても、おれは以前にも増して勉強をして、どんなことがあっても大学に進むつもりでいる。でも、そこから先をどう生きていくかのイメージがすっかり変わってしまった気がするのだ。

医師、弁護士、キャリア官僚、銀行員。いずれかの職業について、その世界での序列をかけあがる。それがこれまでのおれの望みだったが、考えれば考えるほど、自分が将来どうなりたいのかがわからなくなってきた。

今だって、叶うなら、恵まれた地位と高収入を得て、穏やかで波風の少ない生き方をしたい。しかしそれでは、いずれ両親と同じ轍《てつ》を踏むことになるのではないか。かといって、おばさんのように生きていくのはあまりに厳しい。

もしも恵子おばさんが真に知恵のある、慎み深い人だったなら、若気のいたりで無茶な行動に走ったりせず、まずは医師としての経験を積み重ねて、多くの人々を助けながら、持ち前のパワーでこの国の医療制度を変えてゆくことだってできたのではないか。もっとも、そうしてできあがった恵子おばさんは、卓也にむかって負けたほうがパンツをおろすジャンケンを挑んだりしないだろうし、ホットケーキの大喰《おおぐ》い競争を思いついたりもしないだろう。なにより、後先考えずに全力で芝居に打ち込んだからこそ、おばさんは失敗に直面してとことん反省し、児童養護施設の運営者として再起することができたのではないだろうか。

母と父は、自分たちが歩んできた人生を、それぞれどんなものとしてふりかえっているのだろう？　そしておれは、おばさんにとっての芝居ほど熱中するものを見つけられるだろうか？

窓の外には、さっきからずっと瀬戸内海が見えていて、電車は柳井《やない》駅に着いた。まるで聞いたことのない地名で、おれは自分がどのあたりにいるのかが知りたくなった。顔を車内にむけると卓也と目が合った。卓也の顔をまともに見るのは久しぶりだった。石井さんの家で別れて以来だから、たぶん二週間ぶりだ。気のせいか、卓也は髪がずいぶん伸びたように見える。

おれは列車の天井を見あげて、大きく息を吸い込んだ。すぼめた口から勢いよく息をはいて、姿勢をもとに戻すと、また卓也と目が合った。卓也のむかいにすわる健司が、おれもいるよというようにDSを差し出してきた。おれは腰を浮かせてDSを受け取り、つづいてありさと奈津のところに時刻表を借りに行った。

ひとりきりの世界にはまりこんでいるうちに、おれたちはもう山口県に入っていた。午後三時半をまわったところで、今日の終点である大牟田まで先は長いが、全行程の半分はすぎている。残りの半分、おばさんがお膳立てをしてくれた旅行を楽しまない手はないのだし、線路の先には南の島が待っている。そうだ、もう夏休みなのだ。

そうさ、というように卓也が右手をあげて、おれは大きな手のひらにむけて右腕をふった。

奄美大島に着いて、おれたちが最初にしたのは洗濯だった。スポーツバッグのなかは、四泊四日をかけての移動中に着替えた衣服がいっぱいで、これを洗って乾かさないことにはもう着替えがない。しかも洗濯機がないため、おれたちは真夏の日差しを浴びながら、洗濯板とタライで山盛りのTシャツとズボンを洗った。

洗濯板を使うのは初めてだったが、布をこすりつけるうちにシャボンが泡立ってくる感触が面白くて、電車にすわりっぱなしでなまったからだにはちょうどいい運動だった。洗いあがったシャツを隣のタライに投げ入れると健司がすすぎ、卓也がしぼって物干しにさげる。なかには女物もまじっていて、カラフルな色合が照れくさくてしかたなかったが、珊瑚《さんご》の石垣に囲まれた白砂の庭に洗濯物が並んでいく光景は壮観だった。

「おお、見事見事」

ありさと奈津と一緒に朝ご飯のしたくをしていた石井さんも感心してくれて、それから四日ぶりにテーブルに着いての食事になった。

札幌を発《た》つときに、恵子おばさんがおれたちひとりひとりに包みをわたしてくれて、なかは三食ぶんのおむすびだという。

「いいかい、かならず順番どおりに食べるんだからね」と念を押されてもなんのことやら見当もつかなかったが、やがて理由がわかった。アルミホイルにマジックで①と書かれた包みには鮭《さけ》、こんぶ、おかかのおむすびが入っていた。②の包みは梅干し入りのおむすびがふたつと大根の味噌《みそ》漬け入りがひとつ。③の包みは三つ全部が梅干し入りの焼きおむすびだった。つまり夏の盛りでも腐らないように工夫がされていたわけで、九つ×六人＝五十四個ものおむすびを握ってくれたおばさんへの感謝を込めて、おれは北にむかって頭をさげた。

その後は電車を乗り換えるあいまにホームの店でうどんをかきこむか菓子パンを食べるかで、どの駅のうどんもおいしかったが、いくら旅費を節約するためとはいえ、あんなにつづいてはたまらない。なによりおかわりをできるのがうれしくて、五合炊いたご飯と大鍋いっぱいの味噌汁があっという間に空になり、石井さんは先が思いやられるとぼやいて頭をかいた。

古い家だけあって、いい場所を選んで建ててあるのだろう。開け放した板の間を涼しい風が吹き抜けて、クーラーがなくてもまるで平気だった。心配していたハブも、家の周囲に燐《りん》の粉をまいておけば、そのなかには入ってこられないのだという。

小学生のときに、沖縄でコンドミニアムを借りて、家族三人で一週間すごしたことがあったが、ここのほうがだんぜん気持ちがいい。庭先に停めてあるワゴン車と五台の自転車は龍郷町《たつごうちょう》の役場が貸してくれたもので、車があれば買物にも困らないし、おれたちも自転車で自由に外出ができる。

「はるばる来たかいがあるってもんだな」と満腹になった卓也が立ちあがり、「うおー、夏だあ」とバカでかい叫び声をあげた。

久場《くば》という、島の北部にある集落に属していて、家々は山際の土地が平らになったところにぽつりぽつりと建っているため、どんなに騒いでも近所迷惑にはならない。一応珊瑚の石垣で仕切られてはいるが、背後の山を含めた一帯が庭のようなかんじで、少し行けば漁船の並ぶ龍郷湾に出た。

きのうの午後六時に鹿児島新港を出航したフェリーは、約十二時間をかけて朝六時に名瀬港に着いた。出迎えてくれた和田さんが、ワゴン車で三十分ほどをかけて久場まで送ってくれるあいだに石井さんと話していた内容からすると、和田さんは東京に妻子を置いての単身赴任で、名瀬のマンションでひとり暮しをしている。去年の夏休みは家族が奄美に来ていたが、今年は小六の息子が中学受験を控えているため、中二の娘だけが皆既日食を目当てに訪れた。ただし、雨にたたられて肝心の日食はまるで見えず、すっかりむくれている。今夜の奄美到着祝いのバーベキュー・パーティーにはつれていくつもりだけれど、どうなるかわからない。

「いいさ。せっかくだから、父と娘、水入らずですごしてくれよ」と助手席の石井さんが言うと、「そんなに平和なもんじゃなくてね。本当にまいってるんだ」と和田さんが首を横にふった。

和田さんはすらりと背が高く、整った顔立ちの素敵なおとうさんに見えるが、もめ事のない家庭など存在しないということなのだろう。名瀬にある大島食肉センターで検査員をしているため、おれたちを久場の家まで送り届けると、和田さんは庭先に停めておいた自分の車に乗り換えて仕事にむかった。

日が高くなるにつれて気温が上がり、庭の白砂に光が反射して、家のなかにいてもまぶしいくらいだった。お腹《なか》がふくれたところに旅の疲れが加わり、食事のかたづけがすんだあとは誰も動こうとしなかった。

買い出しに行くと言っていた石井さんは縁側に片ひじをついてうたた寝をしているし、卓也と健司も壁ぎわで丸くなっている。おれもひと眠りしたかったが、いくらなんでも全員そろってでは無防備すぎる。

「いいよ、おれが起きてるから」と言うと、ありさと奈津は奥にむかい、おれは柱にもたれてあぐらをかいた。

往路に四日も費やしてしまったので、奄美にいられるのは今日を入れて十日だった。せっかくだから、海で泳ぐばかりじゃなくて、なにか将来につながる体験をしておいでというのが恵子おばさんからの宿題だが、おばさんが自ら率いた去年の旅行は滞在も一週間と短く、勝手がわからなかったせいもあって、それこそキャンプの連続で終わってしまったらしい。

そんななか、唯一それらしいことができたのが、和田さんが勤める大島食肉センターの見学だった。ところが、ただでさえ気弱な今の三年生たちはいざとなると尻ごみをして、実際には石井さんとおばさんだけが豚の解体作業を見学した。それを聞いた卓也は大乗り気で、絶対に見てやると意気ごんでいた。健司は自分にはとても無理だからと断り、かわりに豚の飼育を体験したいと言ったと聞いて、おれはその潔さに感心した。

健司は身長が百五十センチをようやく超えたくらいで、学年でも一番か二番に小さく、クラスメイトにこづかれているところを何度も見かけていた。裸になると、背中や胸、それに腕や脚にもやけどのような傷跡がいくつもあり、夜中にうなされて怯《おび》えた声をあげることもあって、虐待を受けてきたのかもしれないと思っていたが、本人にたずねるわけにもいかなかった。

おれは食肉センターと養豚場の両方につきあうつもりでいた。それはほかに奄美大島でしたいことを思いつかなかったからで、正直にいえば、なによりも勉強がしたいし、久しぶりにパソコンでインターネットを検索したかった。機会を見て和田さんにパソコンを貸してもらおうと思っていたが、娘さんが来ているとなると難しいかもしれない。

そんなことを考えているうちにうつらうつらしてしまい、とつぜん鳴りだした携帯電話の着信音でおれは目を覚ました。音源は石井さんのポケットで、遅れて飛び起きた卓也と健司が、自分たちがどこにいるのかわからず、あわててあたりを見まわす様子に、おれは腹を抱えて笑いころげた。

奄美大島に着いて五日がすぎた。雨は一日降っただけで、おおむね天気が良く、おれたちはすっかり日に焼けていた。

奄美でも、おれは毎朝五時四十五分に起きて、NHKラジオの基礎英語を聴いていたが、卓也と健司も一緒に目を覚まし、ただし二人は英語などそっちのけで体操をする。それから自分たちでテーブルを拭き、箸やコップを並べ、石井さんが寝ぼけまなこで作ってくれた朝ご飯を大急ぎでかきこむと、七時前にはそれぞれ自転車に乗って出かけていく。

健司は近くの農家にすっかり気に入られて、晩ご飯もむこうですませてくることが多かった。龍郷湾に沿った道を十五分ほど北に行ったところにある養豚農家で、奄美名産の黒豚ばかりを五十頭ほど飼育している。おれも島に着いた翌日にみんなと一緒に見学に行ったが、豚の鳴き声の大きさと糞尿《ふんにょう》の臭いに、とても長くはいられなかった。ところが自分から希望しただけあって、健司は豚がかわいくてしかたがないのだという。

島の南部には規模の大きな養豚場があるというし、久場にも豚を育てている農家があったが、和田さんがめんどうみのいい家族を選んで紹介してくれたのだろう。朝から晩まで、豚にエサをやったり、飼育小屋の掃除をしたりとたっぷり働いてくるため、健司は顔もからだも見ちがえるように引き締まって見えた。

そこの家では養豚のほかにパッションフルーツとシークワーサーの栽培もしていて、ありさと奈津はそちらの仕事を手伝っていた。午前九時すぎには自転車で健司のあとを追い、ただし二人は夕方前には久場の家に戻ってきた。

一方、卓也は自転車で龍郷町役場まで行ってからバスに乗り、名瀬にある大島食肉センターで豚の解体作業を手伝っていた。作業場の隅にいて、ホースで水をまいているだけだというが、それでも十分らしく、卓也は今日も午後二時すぎに帰ってくると、身ぶり手ぶりをまじえて、得意気に作業員たちの技を解説し始めた。

「こうやってさあ、左手からベルトコンベアーで豚が送られてくるじゃん。それで、ここに中川《なかがわ》さんが立っててさ、これがまたシブイ爺《じい》さんなんだけど、そっぽをむいて鼻歌を歌ってたのが、豚が鼻面《はなづら》をのぞかせたとたんにバッて動いて、こめかみにスタンガンを当てるわけよ。そうすっと、豚はグワッてうめき声をあげて、全身をつっぱらせてさ、そのままドスンと下の台に落ちる。そこを待ちかまえてた松田《まつだ》さんが、ナイフを握った腕をひと振りしてさ。豚ののどから心臓までが一気に裂けて、血しぶきが壁や床にかかるんだよな。本当にすごいんだぜ。肋骨《ろっこつ》もろとも心臓を真っ二つにして、しかも腸には絶対に傷をつけないようにナイフの動きを完璧に見切ってるわけよ。おれさあ、ああいうのが本当の仕事だって思うんだよ。だってよお、とにかく格好いいんだぜ。豚はさあ、五頭ずつ解体していくんだけど、それを片っ端からさばいていくあいだも、涼しい顔っていうのか、気合いが入ってて、とても声なんてかけられる雰囲気じゃないんだけど、必死っていうのともちがうんだよな。しかも、使ってるのはナイフなんだぜ。それも、信じられないくらいに切れるナイフなんだぜ」

おれには仕事の内容よりも、卓也の語り口のほうが面白かったが、豚の解体作業において、常人の想像を超えた熟練の技が発揮されているのは事実だった。

「陽介もさあ、そう思うだろ」と水をむけられて、おれはうなずくことで同意を示した。

しかし、それだけでは卓也には不満だったらしい。

「おまえにはさあ、あの仕事のすごさがわかってないんだよ」

たしかにおれが作業場を見学したのはおとといだけで、しかも豚が胸を裂かれるところしか見ていない。正確にいえば、三頭目が屠《ほふ》られたところで気分が悪くなり、和田さんが察して外につれ出してくれなければあやうく貧血をおこすところだった。

大島食肉センターでは、一日に豚を三十頭ほどと数頭の山羊《やぎ》を解体していて、作業員は全部で七人。ほとんどが手作業で、朝八時半から始めて十一時頃には終わってしまうという。きっと、すべての工程でほれぼれするような腕前が発揮されているにちがいない。ただし、それを実際に見たいかといえば、今の時点ではノーと答えるしかなかった。

「まあいいや。でさあ、今日はおれ、仕事のあとでナイフの研《と》ぎ方を教わったんだ」

「ほお」と石井さんが興味を示して、卓也はよほどうれしかったのだろう。調子に乗って話しだしたナイフ研ぎの講釈は十五分以上もつづいた。

「けっこう筋がいいってほめられてさ。そうだ、忘れてた。ほら、これ」

卓也がデイパックから取り出したのは肉塊の入ったビニール袋だった。ビニールは二重になっていて、あいだに氷が入れてある。

「今日のは腎臓だってさ。きのうの心臓は、もう傷《いた》んでるだろうから捨てたほうがいいって、和田さんが言ってたぜ」

「うん、ありがとう」

健司が豚の飼育に夢中になり、卓也は豚の解体作業に魅せられてと、すっかりおくれを取ったおれが挽回《ばんかい》の手段として考えついたのが豚の内臓のスケッチだった。これなら理科の自由研究にぴったりだし、おばさんだって文句はないはずだ。

さっそく石井さんを通して和田さんにお願いすると、きのうの晩に久場の家まで豚の心臓を届けてくれた。ついでだからと解剖スケッチの基礎を教えてくれて、居間のテーブルで心臓の断面図を描いてみたのだが、おれは思いがけない能力を発揮した。

「なかなか大したもんだよ。普通はどっかでサイズがずれちゃうんだけど、きみのは見事に合ってるもんなあ」

おれにしてみれば、右のものを左に移しているだけの感覚なのだが、あらためて眺めてみると、紙の上には豚の心臓の断面が見事に再現されていた。

「どれどれ」とのぞきにきた石井さんも驚いて、「おお、やるなあ」とほめてくれた。

「でも、線が死んでるね」と横から口を出したのは卓也だった。

「あははは」と和田さんが高笑いをして、「いいなあ、男の子は」と言いながら卓也の肩を叩《たた》いた。

「たしかに、いわゆる絵としての面白みはないかもしれないけど、解剖実習においてはこの正確さこそが大切なのさ」

それから和田さんは、どの部分に対しても公平に観察眼を働かせることの難しさについて説明してくれたが、卓也は初めから耳に入れるつもりがないようだった。

「おれはさあ、丸ごと一頭の豚を相手にしたいんだよ」と言い残すと、卓也は肩をいからせて居間から出ていった。

豚を育てる人、解体して肉にする人、そして豚について研究する人。どの関わり方が欠けても、人は豚肉を食べられない。つまりどの仕事が上で、どの仕事が下ということはないはずだが、おれは豚が屠られる光景を見ていられなかった。せめてその事実を忘れないようにしようと思いながら、おれは今日の午前中もシャーペンを握って、豚の心臓をスケッチしていた。しかし、いくら部屋のなかが涼しいといっても気温は三十度を超えている。やがて肉の表面が乾き、よからぬ臭いまでしだして、おれはあわてて庭の隅に穴を掘り、豚の心臓を埋めたのだった。

どこもかしこも真っ赤だった心臓とちがい、腎臓はつるりとした灰色の楕円形《だえんけい》をしていて、たてに二つ割りにされた内部には褐色の組織が見えた。早くスケッチをしたかったが、まずはお礼を言わなければと思っていると、石井さんの携帯電話が鳴りだした。かけてきたのは和田さんで、おれはわたされた電話を持って縁側に出た。

「柴田君が帰ったあとで、北海道からはるばるやってきたのに、豚の内臓ばかりスケッチさせるんじゃ申し訳ないって気づいてさあ」と言われて、おれはそんなことはありませんと恐縮した。

「でも、海で泳いだのだって一回だけなんだろ」

たしかにおれたちは一度しか海に行っていなかった。奄美に着いた日の午後、石井さんが運転するワゴン車に乗り、みんなで土盛《ともり》海岸に行ったが、島一番と言われる白砂のビーチには家族づれやカップルが大勢いて、すっかり気おくれしたおれたちは早々にビーチをあとにした。

だから日焼けをしているといっても、黒いのは首から上と手足だけだったし、なにより札幌から四泊四日をかけての長旅を満喫して、みんなこれ以上遊ぶ必要を感じていなかったのだと思う。石井さんだけは家事の合間に小まめに泳ぎに行っていたが、おれたちは恵子おばさんの言いつけどおり、懸命に将来にむけた体験をつんでいた。

「それならいいんだけど……」と言いよどんだあとにつづいたのは、和田さんの家には人体解剖図をはじめとする資料もたくさんあるから、勉強がてら遊びに来ないかという誘いだった。

願ってもない申し出に、「はい。お願いします」と答えたなり、おれの頭に和田さんの娘の顔が浮かんだ。やはり会うことになるのだという諦めにとらわれながら再び石井さんに代わると、夕方、買物ついでにおれを名瀬まで送ってくれることになった。

石井さんが運転するワゴン車の助手席にすわり、空一面の夕焼けにむかって進みながら、おれは何度目かのため息をついた。せめて卓也が一緒だったらと思ったが、誘うだけ無駄だったろうし、和田さんの招きに応じてしまった以上、今さら引き返すわけにもいかなかった。

「なんだ、さっきからつまらなさそうな顔をして。わかった、波子《なみこ》ちゃんに会えるのがうれしくて、照れ隠しをしてるんだろう」

「ちがいますよ」

思いがけず大きな声が出て、おれは気持ちを静めるために深呼吸をした。

「すみませんでした」

と謝っても、石井さんは知らん顔で運転をつづけている。

俳優は観客たちの前で人を愛し、実らぬ恋を嘆き、絶望の末に狂ってさえみせる。しかし、それはあくまで舞台上のことであって、どんな名優でも、精神的な未熟さをさらけ出した瞬間の自分を直視することなどできはしないだろう。

奄美に着いた日の午後に土盛海岸に行き、その後バーベキュー・パーティー用の買い出しをして夕刻に久場の家に戻ると、和田さん父娘がおれたちを待っていた。そして同じ中二だという娘の顔を見たとたん、おれは魴鮄舎に入ったばかりの頃の自分を目《ま》のあたりにした気がして、顔を背けた。

あんた達なんかと一緒にしないで。父親に似てすらりと背が高く、卵形の顔に長い髪をたらした和田さんの娘は全身でおれたちを拒否していた。

「やあ、波子ちゃん。久しぶりだね」と石井さんに声をかけられたときだけは表情がゆるんだが、すぐに口元を引き締めると、庭でバーベキューをするあいだも、和田さんの娘はひとことも口をきかなかった。おれ以外の魴鮄舎メンバーはそうした態度には慣れっこのようで、これといったもめ事もないまま、和田さん父娘は二時間ほどで帰っていった。

「ああ、そうだ」

ラジオから流れる音楽に合わせてからだを揺らしながらハンドルを握っていた石井さんが口を開いたのは、長いトンネルを抜けて名瀬の市街地に入ってからだった。

「和田には、陽介が恵子の甥っ子だって言ってあるからね。それと、おれは迎えに行かないし、和田は晩酌《ばんしゃく》にビールを飲むだろうから、つまり今夜はむこうに泊まりってことだぜ」

そんな予定になっているとは聞いていなかったし、買物がすんだら迎えにきてもらいたいくらいだったが、おれは黙ってうなずいた。

「あそこにレンガ造りふうのマンションが見えるだろ。あれの三階だから」

赤信号で停まったついでにおれを降ろすと、石井さんはクラクションを鳴らして走り去った。そのまま横断歩道をわたろうとしかけて、おれは足を止めた。見知らぬ街にひとりでいる。ふいに浮かんだフレーズを頭で反芻《はんすう》しながら、おれは後退《あとずさ》りしてジュースの自動販売機に背中をつけた。

黄昏《たそがれ》の街には街灯がともり、信号に合わせて車と人の流れが変わる。自転車やバイクもライトを光らせて走っていく。みんな家路を急いでいるのだろう。でも、この街のどこにもおれが帰る家はない。父の逮捕をきっかけに家族がばらばらになっても、おれには恵子おばさんがいた。その縁ではるばる奄美大島までやって来て、これからおばさんと石井さんの後輩である和田さんを訪ねようとしている。だから厳密にいえば、この街ともまったく関係がないわけではないが、それはごく細いつながりでしかなかった。

本当の独りぼっちとは、今のおれをさらに心細くしていった状態なのだろう。頼りない。本当に頼りない。そう思うと胸がわななき、あやうく涙がこぼれかけた。そのぶんよけいに、ごく細いつながりであっても、訪ねていける知り合いがいることがありがたかった。

そこでようやく横断歩道をわたり、お世辞にも新しいとはいえないマンションの階段を上っていくと、足音でわかったらしく、和田さんがドアから顔をのぞかせた。

「やあ、いらっしゃい。急に呼んで悪かったね」

「いいえ、あの、腎臓をありがとうございました」

そうお礼を言いながら、おれは自分のあいさつのおかしさに気づいて笑いをこらえた。部屋に上がると、和田さんの娘は台所で料理をしていて、トンカツを揚げるいいにおいがした。おれは和田さんにうながされてテーブルに着き、求められるままに鮒舎の様子を話していった。

「まったく、恵子さんらしいよなあ」

声を立てて笑う様子からしても、和田さんは恵子おばさんのことをよくわかっているのだろう。テーブルに料理を並べ終えると波子さんも椅子にすわり、和田さんがあらためておれを紹介してくれたが、彼女はこっちを見ようともしなかった。それならと腹をくくり、おれは和田さんにたずねた。

「和田さんは、後藤善男さんのことも知ってるわけですよね」

「知ってるよ。おれとあいつは同じ理Ⅱ系でさ。理Ⅱ系っていうのは、その頃あった教養部のくくりでね。理系は理Ⅰ、理Ⅱ、理Ⅲって分かれていて、それぞれ進める学部がちがうのさ。善男とおれはクラスも一緒で、なにしろ飛び抜けてカッコいいやつでさあ。おれよりもまだデカくて、とんがった顔につりあがった目玉が光ってて、十八歳にしてただ者じゃない雰囲気があったもんなあ」

思い出すだけで興奮するらしく、和田さんはグラスのビールを一気に飲み干した。おばさんを愛し、おばさんに愛された男性はどれほどの人間なのか。少なくとも期待を裏切られることはないらしいとわかって、おれは負けずに皿の上のトンカツを頰張《ほおば》った。

「恵子さんも善男もパワーがけたはずれでね。こっちは獣医学部に進むために単位の平均点を上げなきゃって、実にセコいことを考えてたんだけど、あの二人は大学生っていう枠にはどうやってもおさまりきらなかったんだろうな。青テントって、鉄パイプで足場を組んで、外側を青いビニールシートでおおった演研の劇場をそう呼んでたんだけど、いつも大入り満員で、百人くらいがぎゅうぎゅう詰めにすわらされてさ。役者たちが飛び散らす汗と唾液を浴びながら芝居を観《み》るわけなんだけど……」

栄北中の校長先生も言っていたくらいだから、おばさんたちの芝居はよほど面白かったのだろう。和田さんは映画研究会にいたため、いつの間にか音響の手伝いをさせられて、スタッフの一員としてポスターに名前が載るようになった。だから恵子おばさんが三年目で医学部を中退し、つづいて後藤さんも大学をやめて、その後に結婚した二人が劇団魴鮄舎を旗揚げするまでの経過もつぶさに知っている。ただし獣医学部の勉強が忙しくなったため、魴鮄舎の公演はほとんど観ていない。

ビールで口を湿らせながら話しつづける和田さんの隣では、娘の波子さんが不機嫌な顔のまま箸を口に運んでいた。去年の夏休みに、奄美で恵子おばさんに会っているはずだから、そのときの印象がよほど悪かったのか。それとも、なにかほかに理由があるのか。

テーブルに並んだ二人の様子を見ているうちに、おれは意地悪な質問を思いついた。

和田さんは、どうして東京から奄美大島に移ったんですか？　波子さんは、お父さんが単身赴任していることをどう思っていますか？

名瀬港まで迎えにきてくれたときに、本当にまいっているんだと嘆いていた和田さんに追い打ちをかけるのは申し訳ないが、父と娘のあいだにわだかまりがあるなら、思い切って表に出したほうがいいのではないか。

しかし、それはただのおせっかいだと反省していると、「奄美に移ろうかどうしようか迷っている頃に、よく恵子さんや善男のことを思い出してね」と和田さんが自分から話題を変えた。

北大獣医学部を卒業後に、和田さんは東京都の職員になった。もともと小金井《こがねい》市の出身で、父親を早くに亡くしていたため、実家に戻るつもりでいたという。そして配属された立川《たちかわ》のと畜場で、検査員として家畜の解体作業に立ちあう日々がはじまった。

搬入された牛や豚が健康かどうかを一頭一頭チェックし、それにつづいて作業員たちがと畜をおこなう。つぎつぎ送られてくる内臓や枝肉を検査して、異常がなければ合格の検印を捺《お》す。異常がある場合は、傷んだ部分を取りのぞいたり、廃棄処分にしたりする。血液や髄液を採取して、さらなる検査をおこなうこともある。来る日も来る日も同じ作業をするのはつらかったが、しだいになれて検査員としての腕も役職も上がってきた。

奄美に移るきっかけは島豚だった。父親の故郷が奄美大島で、子供の頃はよく家族で訪れていたが、和田さんが十歳のときに父親がくも膜下出血で亡くなると奄美との関係はぱったり途絶えた。その後は大学二年目の夏休みに恵迪寮の仲間と沖縄旅行の途中に立ちよっただけで、結婚後も仕事が忙しく、なかなか行けずにいた。それでも祖母が元気なうちに子供たちを見せておかなければと訪れた八年前に、黒豚の原種とされる島豚の存在を知った。一時は絶滅も危惧《きぐ》されていたが、わずかに残った島豚を繁殖させて奄美の名産にしたいという農家の人たちの願いを聞くにつれて、和田さんは気持ちを動かされた。

家畜の品種改良にたずさわれることなどめったにないし、養豚が暮しに溶けこんでいる奄美大島の環境も魅力だった。都会で暮す人々にとっては肉だけが必要で、カルビだ豚トロだと通《つう》ぶった口をきくくせに、自宅の近くに養豚場や牛舎があろうものなら露骨に眉をひそめてみせる。かねてよりそうした不満を抱いていたこともあって、その後も奄美の農家と連絡を取りあっていたところ、話を伝え聞いた産業振興課の担当者から、専門家に来てもらえるなら行政としても喜んで支援態勢を組みたいと正式に申し入れがあった。和田さんはがぜんやる気になり、上司に相談した。今ぬけられるのは正直きついが、えがたい機会だし、地方との交流にもなる。都職員のまま出向するかたちにしてやるからしっかり働いてこいとの返事をもらい、そこでようやく奥さんに自分の希望を打ち明けた。

「環境が変わって大変だろうけど、子供たちが小さいうちだけでも奄美大島でのんびり暮さないか」

しかし、奥さんにすれば寝耳に水の話であり、すべての段取りをつけたあとで打ち明けられたのも気に入らない。いくら説得しても奥さんは首をたてにふらず、しかたなく和田さんは三年という約束で単身奄美に移ってきた。それでいて五年がすぎても帰らずにいるのは、やはり島豚のためだった。純粋な島豚は繁殖・飼育がともに難しく、和田さんが来るまでは年間五十頭を出荷するのがやっとだった。それが現在は四倍の二百頭を超えるまでになって、黒豚と並ぶ島の名産品になっている。ただし、品種改良のほうは試行錯誤をくりかえす段階を抜け出せていない。帰りたいのはやまやまだが、いったん引き受けたからには島豚のさらなる増産と品種改良にメドをつけるまで引き下がるわけにいかない、というのが和田さんの言いぶんだった。

「残してきた家族には本当に申し訳ないと思ってるんだけど、これぱっかりはどうにもならなくてね」

和田さんに同意を求められて、おれはあいまいにうなずくしかなかった。

「そうはいっても、あと三年、いや二年あれば、とりあえずの目標は達成できるはずなんだ。そこで奄美は切り上げて、また東京で検査員をすることになる。今夜きみを呼んだのは、将来獣医学部に入って、島豚についてさらなる研究を進めてくれるように頼むためでさ。できるかぎりのことはしておくつもりだから、ぜひぼくの成果を受け継いでもらいたいんだ」

ビールの酔いも手伝って、和田さんはおどけた調子で話を終えた。そのとたん、和田さんの娘がテーブルに両手をついて立ちあがった。

「ごまかさないでよ。もう東京に戻るつもりなんてないくせに」

端整な顔を真っ赤にし、目までつりあげて、和田さんの娘は自分の隣にすわる父親をにらんだ。

「どうして、そう決めつけるんだい?」

こうなることを予想していたかのように、和田さんは落ちつきはらって問い返した。

「これまでだってそうだったじゃない。最初は三年だって言っておいて、どうしてもあと二年奄美にいさせてくれって言い出して。今度も同じ手を使うわけでしょ。だって簡単よね、島豚の品種改良に取り組んでるのはおとうさんだけなんだから、本当はあと何年必要かなんて誰にもわからないじゃない」

興奮したまま話しつづける和田さんの娘を見あげながらおれが考えていたのは、彼女のほうこそどうして奄美にいるのだろうという疑問だった。父親と一緒にいるせいでこんなにいらだつくらいなら、さっさと東京の家に帰ればいい。お目当ての皆既日食はもう終わったのだし、肌の白さから見て海で泳ぎたいわけでもないだろう。きっとおれと同じで、奄美でも勉強ばかりしているにちがいない。母親や弟と一緒にいるのが嫌なのか、それとも父親の元にいつづけなければならない特別な理由があるのだろうかと考えたとき、おれの頭に恵子おばさんの姿が浮かんだ。

「この人たちが奄美にいるうちは、わたしは帰らないからね」

おれの懸念を裏づけるように和田さんの娘が叫び、ついにことばにしてしまったという興奮でからだを震わせた。一方の和田さんは余裕のあるかまえを崩さないなかにも動揺が見てとれた。そしておれも、おばさんが奄美に来るのはそのためなのだろうかという疑いと、そんなはずはないと信じたい気持ちのあいだで文字どおりからだが揺れた。

「おかあさんが、波子にそうするように言ったのか」娘の目を見つめながら、和田さんがたずねた。

「ちがう。わたしが勝手に来たの。でも、おかあさんだって、きっと同じふうに思ってるわ。おとうさんはあの女が好きなんだって」

「やめないか」和田さんが強い声で言って立ちあがった。

わずかに遅れて電話が鳴りだしたが、和田さんも娘も受話器を取ろうとはしなかった。そのまま呼び出し音を十回鳴らして電話は切れた。つづいて携帯電話が鳴りだして、和田さんは大きく息をはいてからサイドボードの上に置いていた携帯電話を耳に当てた。

「えっ、本当ですか？　はい、はい、わかりました。すぐに行きます。ただビールを飲んでしまってるんで、タクシーでそちらにむかいますから、すみませんが途中まで車で迎えにきてもらえませんか……」

和田さんは携帯電話を耳に当てたまま廊下に出ると、相手と話し終えたあとにトイレに入ったようだった。

「波子。それから高見君。今の電話は宇検村《うけんそん》の農家からでね。さっき話した品種改良中の島豚の様子がおかしいって言うんだ。大至急むかわなくちゃいけないから、悪いけど二人で待っていてくれないか」

よほどの緊急事態らしく、険しい顔で告げると、和田さんは携帯電話を握ったまま玄関にむかった。

時計を見ると八時五十分をすぎたところで、和田さんのあとを追いかけるふりをして久場の家に帰ってしまおうかとも思ったが、おれはテーブルのそばを動かなかった。必死の思いで訴えたとたんにはしごをはずされて、和田さんの娘は放心した顔のままテーブルに肘をついていた。恵子おばさんなら、どんなに厄介《やっかい》でも、助けを必要とする女性の前から逃げてはいけないと言うにちがいない。そうはいっても、こんな状況で自分と同じ歳の女の子をどうなぐさめるべきかなどわかるはずがない。そのうちに時計の針が九時を指して、おれは覚悟を決めた。

「宇検村って、ここから遠いの?」

そうたずねると、和田さんの娘が驚いた顔でこっちを見た。

「ごめん。驚かせて」と謝ったのに、彼女はまたそっぽをむいた。

「きみは、おれが後藤恵子の甥だって知ってる?」

そこでようやく波子さんはおれと目を合わせた。そして、おれが同じ質問をくりかえすと、意味がわからないというように首を横にふった。

「おれの母親が恵子おばさんの妹なんだ。二人姉妹なんだけど、ずっと仲が悪くて、おれも今年のゴールデンウィーク明けに初めておばさんに会ったんだ。それからおれは札幌の魴鮄舎で暮すようになって、今はほかのみんなと同じ公立中学に通ってる。でも、その前は開聖学園だった。東京にある私立の進学校。弟さんが受けるんでしょ。さっき、きみが料理をしてくれているあいだに和田さんから聞いたんだ」

こんな説明ではますます混乱させるだけだと思ったが、波子さんはおれが語る内容を懸命に理解しようとしていた。

「こういうのはどうだろう。前にマンガで読んだんだけど、二人が交互に質問しあうんだ。自分が答えたら、相手に質問できる。大丈夫、うそはつかないし、品のない質問もしないから。でも、その前に残りのトンカツを食べてもいいかな」

そう言っておれがテーブルに着くと、彼女もようやく気を取り直したらしく、おかわりはというように右手を差し出した。そして、トンカツの残りとおかわりしたご飯を食べ終えてから、「宇検村って、ここから遠いの?」と、おれはあらためてきいた。

「車で四十分くらいだったと思う。正確な距離はわからないけど」

そうなると往復するだけでも一時間半はかかるし、豚の容体が悪ければ和田さんは朝まで戻ってこないかもしれない。つまり彼女と二人きりで一晩すごすことになるが、その場合おれはここのテーブルで起きていよう。そんなことを考えながら顔をむけると波子さんと目が合った。

「そこでは何頭くらい島豚を飼ってるの？」と思わずきくと、

「今度はわたしの番でしょ」と彼女が言って、もう平気だからというようにうなずいた。

「高見君は、兄弟はいるの？」

「いや、ひとりっ子だよ」いきなり核心には迫ってこないんだなと思いながら、そっちがそのつもりならと、おれは一番ききたいと思っていたことを質問した。

「おれのおばさん、どう見えた？　去年の夏に会ってるんだろ」

「カッコいいと思ったわ。きっぷが良くて、さばさばしてて」

間をおかずに素直な答えが返ってきて、おれは同意と感謝の気持ちを込めて首をたてにふった。ただし余韻にひたる間もなく、彼女からの質問が飛んできた。

「おかあさんがいるのに、あなたはどうして施設にいるの？」

「銀行員だった親父《おやじ》が横領事件で逮捕されたんだ。顧客の金を三千五百万円も着服して、愛人に貢いでた。それがバレて、家も貯金も差し押さえられて、おふくろはしかたなくおれをおばさんにあずけたってわけ」

遠い昔のできごとを話すように、すらすらとことばが口をついて出て、我ながら妙な気分だった。もっとも、波子さんのほうは予想外の返答に動揺をおさえきれないようだった。

「それは、いつなの？」

「おれの番だよ」

いいじゃないというように彼女が口をとがらせたが、おれはゆずらなかった。

「和田さんは、昔から大学時代のことをよく話してたの？」

「ううん、奄美に移ってから。それもあなたのおばさんがひいおばあちゃんの家を借りたいって言い出してからだったから、とても驚いたの。おかあさんも北大にいた頃のことはよく知らなかったみたいだし、おとうさんがあんまりうれしそうに話すから……」

「それで二人の関係を疑ったってわけ？」

おれの問いかけに、波子さんは唇をかんだ。

「実は、きみに言われて、おれも一瞬疑ったんだよね」と話しだしたところで、おれは彼女の質問を受けていないことに気がついた。どうしようかと目で訴えると、「それで？」とうながされて、おれは先をつづけた。

「それで、二人の関係を疑ったあとで気づいたんだけど、恵子おばさんって離婚後も夫だった後藤さんの姓を名のりつづけてるんだよね。離婚の原因は相手の浮気なのに」

「そうなの？」

「うん。でさあ、きみもわかってると思うけど、おばさんはまちがっても未練たらたら復縁を願うタイプじゃないよな。それなのに後藤姓のままでいるのは、後藤さんと結婚をしたことは後悔していない、そしてこれから先に別の男性と結婚するつもりはないって意思表示だったんじゃないかって思うんだ。しかも福井の実家にも戻らずに、自分がしでかしてしまったことの責任はひとりで負ってみせるって」

話しながら、おれはあらためておばさんの決意がわかった気がして胸がつまった。そんな女性が知り合いの既婚男性と関係を持つはずがない。あくまでおれの願望だけれど、そう信じるだけの根拠はあるのではないか。

波子さんもうなずいて、小さく息をはいた。その姿を見て安心したとたん、和田さんではおばさんには物足りないという考えがおれの頭をよぎったが、もちろん口には出さなかった。

ようやくおばさんへの誤解がとけて、トイレに行こうと立ちあがったついでに壁の時計を見ると十時半をまわっている。和田さんはとっくに宇検村に着いているはずだから、電話もかけられないほど対応に追われているのだろう。石井さんに事情を伝えておいたほうがよかったと、今頃になって気づいたが、もう遅すぎる気がして、おれはトイレに入った。

テーブルに戻ると、波子さんが食器洗い機から取り出した皿や茶わんを棚にしまっていて、ガスレンジにはやかんがかかっていた。和田さんとおばさんへの疑いは晴れたのだし、あとはお茶を飲みながら気軽におしゃべりをすればいい。

波子さんがいれてくれたのは玄米茶で、こんなに薫りのいいお茶を飲むのは久しぶりだった。

「あのさあ、もうひとつだけきいていいかなあ」

「どうぞ」

お互い湯のみを手にしながらだと雰囲気がまるでちがい、おれは波子という名前のいわれをたずねた。名前を考えたのは和田さんで、亡父の故郷である奄美の海が娘を守ってくれるようにとの願いが込められているという。

「いい名前だよね。ありふれているようでいて、実際はそんなにいないし」

「ありがとう」

予想どおりの受け答えに満足しながら、おれはお茶をすすった。だから彼女から、わたしも最後にききたいことがあると言われたときも、おれはいたってのんびりした気分でいた。

「こんなことをきいちゃいけないのかもしれないけど、おとうさんに愛人がいるってわかったときにどう思ったのかを教えてほしい」

自分でも思いがけないほどの悲しみにおそわれて、おれは視線を落とした。あわてて彼女がつけたしたところによると、小学校からの親友で、やはり父親の浮気が原因で両親が離婚した女の子がいる。父親が家を出て、母親と子供たちだけで暮しているが、その友達も含めた家族全員が父親と相手の女を憎んでいる。それなのに、おれがあまり父親を憎んでいるように見えないのが不思議でならない。

「それはひとつには、波子さんみたいに疑っている期間が長くなかったからだと思うよ」と答えて、なるほどそうだったなと思い返したときには、悲しみは遠のいていた。

「愛人どうこうよりも、親父が逮捕されたせいで家も貯金も失って、せっかく合格した開聖学園まで退学しなくちゃいけなくなったわけだろ。おまけに、おれよりもおふくろのほうが動揺しちゃってるし、落ちついて悲しんだり、恨んだりするひまがなかったってかんじなんだよね」

「そうなんだ」と応じた彼女はどこかあてがはずれた様子だった。

「そうだよ。しかも逮捕から三日目には札幌で恵子おばさんとご対面だったんだから、どちらかといえばそっちのほうがショックだったかな」

そこまでを一気に話して湯のみをのぞくとすでに空で、「ごめんなさい」と言って波子さんが立ちあがった。

「いや、いいよ。自分でするから」

鮒鮄舎ではそうなんだからと胸の内でつぶやきながら、おれはガスコンロに火をつけて、テーブルに戻った。

「でも、すべてのキッカケは愛人にあるわけだよな。つまり、おれの親父はおふくろとの関係ではすべてを満たせずに浮気に走ったわけでさ。すべてが満たされる関係なんてある意味不気味な発想だけど、だからってみんながみんな浮気に走るわけでもないんだから、そうなるとどうして親父はやっちゃったのかってことはおれもこの間考えてはきたんだよね。とりあえずの結論は〈小人閑居して不善を為《な》す〉ってこと。ほら、ことわざにあるじゃない」

それからおれは、高給と引きかえに単身赴任を義務づけられたサラリーマンの夫と専業主婦の妻によって営まれる夫婦の満たされなさについて話していったが、そんな一般論ですまないことは最初からわかっていた。それは波子さんも同様で、沸いたお湯を少しさまして急須にそそいだあと、所在なげにあたりをふきんで拭きだした。

「おれはさあ」

調子はずれの高い声が口をついて出たとき、おれはもう行くところまで行かなければならないと覚悟を決めた。

「おれはさあ、親父を恨もうかどうしようか、ずいぶん考えたんだよね。だってそうだろ。親父が浮気をしたせいで、おふくろなんて寝たきりの年寄りを相手に二十四時間病室で寝泊まりをつづけるしかなくなってさ。おれだって、これまでの友達は全部なくして、一部屋四人の暮しでさ。それもこれも全部親父のせいだって開き直ってもいいわけじゃん。でも、そういうふうには恨めなかったんだよね」

そのわけは、親父がやさしかったからだ。新潟に単身赴任していたときも、福岡に単身赴任していたときも、親父はだいたい二週間に一度は朝霞の家に帰ってきた。そして家にいるあいだはずっとおれや母のそばにいて、勉強の相談に乗ってくれたり、一緒にゲームをしたり、パソコンの使い方を教えてくれたりした。ふだんは接待での外食ばかりだから、本当は母の手料理を食べたいはずなのに、それじゃあかあさんがつまらないだろうからとレストランでの食事や映画にもつきあっていた。

そうした家族サービスを、愛人の存在を隠すための芝居だったと決めつけるのはたやすいが、おれにはどうしてもそうは思えなかった。もちろん親父は、自分が浮気をしていることの後ろめたさを感じていただろう。でも、それがわかった今となってもなお、おれにとってはやさしい父親なのだ。だから、そのやさしさが三千五百万円という巨額の横領によって成り立っていたというのなら、おれは喜んで責任を分かち持ちたいと思う。

「第一の責任は親父にある。それは絶対に動かないけど、だからって、よくもおれたちをだましたなって恨む気持ちにはなれなかったんだよね。おれの親父は弱いよ。和田さんみたいに仕事に情熱を燃やすんじゃなくて、頭打ちになった出世への欲望を愛人にむけたんだから、本当はかばうべきじゃないんだと思う。でも、いくら考えてもやっぱりかばっちゃうんだ。おれが男で、自分も将来似たようなまちがいをしでかすかもしれないって思ってるからかなあ……」

そこで涙があふれて止まらなくなり、おれは声をつまらせた。

小倉《こくら》駅で乗り換えた電車が博多《はかた》駅をめざして進むあいだ、おれは福岡の留置場で囚《とら》われの身となっている父の姿を想像するまいと必死だった。窓の外は見事な夕焼けで、ばら色に染まった空が深紅に変わり、じょじょに暗くなりながらもかえって赤を際立たせていく様子に見とれながらも、おれの頭は父のことでいっぱいだった。

博多駅で降りて訪ねていったら、父はどんなに驚くだろう。逮捕された警察署に今でもいるのか、それとも拘置所かどこかに移されてしまったのかも知らなかったが、母に電話をして弁護士の連絡先をきけばどうにかなるはずだ。でも、そんなことをしたら、父は驚くだけではすまず、面会室で泣きだしたり、ひたすら頭をさげたりしてくるような気がしないでもない。だから、少なくとも、裁判で刑が確定するまでは会わないほうがいいのだといった言いわけを考えているうちに電車は博多駅をすぎて、おれは気疲れのあまり大牟田まで居眠りをしたのだった。

「ごめん。ダメだなあ、親子ともども弱っちくて。おばさんがいたら頭から水をぶっかけられそうだ」

小さなからだで巨大なバケツをふりあげる恵子おばさんの姿が目に浮かび、おれは声を立てて笑った。心配そうに見ていた波子さんもつられて笑いだし、おれたちは顔を見合わせた。

「こんなことを言うと最初に戻っちゃうけど、和田さんは恵子おばさんがいつ奄美に来るって言ってたの?」

笑っているうちに思いついてたずねると、波子さんが首を横にふった。

「知らないわ。だって、きけるわけないでしょ」

そこで、おれたちが札幌を発ったときには、おばさんが奄美大島に来るかどうかはまだ決まっていなかったと教えると、波子さんがテーブルに顔を伏せた。

「うそでしょ。それじゃあ、まるきりわたしのひとり相撲じゃない」

「そんなことはないさ。おれが知らないだけで、おばさんが来る日は決まってるのかもしれないし、そもそもおばさんと和田さんが潔白だって証明されたわけじゃないんだからね」

「ちょっと、その話はもうやめてよ」と波子さんが顔の前で手をふって、おれたちはまた二人で大笑いをした。

笑いやんだところで時計を見ると、もう十二時が近かった。宇検村の島豚がどうなったのかも気になったが、それよりもおれは波子さんのことがもっと知りたくて、「もうひとつだけ質問をしてもいいかな」と言った。

うれしいことに、彼女からも質問が返ってきて、お互いの生い立ちや学校の様子についてのおしゃべりは午前二時すぎに和田さんが帰ってくるまでつづいた。島豚はウイルス性の風邪にかかった程度で、大したことはないという。それよりも和田さんは波子さんがすっかり機嫌を直していることに驚いていたが、おれたちはそのわけを説明しないまま、「おやすみなさい」と言ってそれぞれの寝室に入った。

翌日の午前中もおれと波子さんは一緒にいて、二人で問題集を解いたり、英語でおしゃべりをしたりした。八時前に石井さんから電話があって、昼すぎに食肉センターの仕事を終えた卓也と合流して久場の家に戻ることになっていたが、明日は二人で海に行こうと約束した。

おかしかったのは波子さんも泳ぎは得意だし、本当は奄美の海で思いきり泳ぎたいのにずっと我慢していたことで、そんないじっぱりな性格まで同じなのだと知ったとき、おれはあやうく彼女を抱き締めそうになった。

身長は波子さんのほうが五センチ高いが、そんなことは問題ではなかった。問題なのは、残りの四日間を彼女とすごすうちに、うれしさのあまり頭が変になってしまうかもしれないということだった。

しかしその後、おれが奄美にいたのは四日どころか半日足らずだった。卓也と二人でバスに乗り、龍郷町の役場から自転車の二人乗りで久場の家をめざしていると、前から石井さんが運転するワゴン車があらわれた。

「陽介、このまま空港へ送るから、東京に行くんだ。詳しいことは車のなかで話す。早くこっちに移れ」

そうして乗り込んだワゴン車の助手席で、おれは母が倒れたと知らされたのだった。

3

〈克ちゃん。五分ほど前に、東京の弁護士から電話があって、陽介の母親が倒れたとのことです。信濃町《しなのまち》の法律事務所で、裁判にむけての打ち合わせをしている最中だったので、すぐに救急車を呼び、現在もよりの病院に搬送中。とつぜん胸を押さえて苦しみだしたそうですが、それ以上のことはわかりません。万一のことがあってはいけないので、大至急、陽介を……〉

石井さんからわたされた携帯電話には恵子おばさんからのメールが映し出されていて、おれはそこまでを読んだところで顔を上げた。

「わかったな。このまま空港に送るから、早くシートベルトをしろ」

それから石井さんはドアの外に立つ卓也に言った。

「卓也は家に戻ってくれ。そんなに遅くならないと思うけど、みんなを頼む」

「はい」とうなずいて、卓也はおれと目を合わせた。

「心配するな。おかあさん、絶対大丈夫だから」

卓也が拳《こぶし》を突き出して、おれも拳を合わせたが、車が走りだすなり、おれは両手で顔をおおった。

「陽介。つらいのはわかるけど、三分で気持ちを整えろ。いくつか話しておくことがあるから」

石井さんがいつになく厳しい声で言って、おれは腕時計に目をやった。文字盤の上を動く秒針を追いながら深呼吸をしようとしたが、胸が震えてうまく息が吸えない。

「かあさんごめん、かあさんごめん、かあさんごめん」

頭のなかで三回唱えて、おれはこの間、母について批判めいたことばかり考えていた自分を恥じた。携帯電話や自分の部屋どころか家まで失い、開聖学園から札幌の栄北中に転校したとはいえ、恵子おばさんにがっちり守られて夏の旅行まで満喫していたおれに比べ、母はそれこそたったひとりで世間に放り出されていたのだ。しかも、おれは父にばかり思いをかけて、母など恵子おばさんの足元にも及ばないと平気で見下していた。

しかし、一番苦しいのは母だった。横領罪で逮捕された父と、魴鮄舎で暮すおれを気づかいながら、母は二ヵ月以上も病院に泊まりづめで、慣れない介護の仕事をつづけてきたのだ。週に一度の休日だって、銀行にお金を返すための算段や、弁護士とのやりとりで神経をすり減らしていたにちがいない。一刻も早く母の元にかけつけたい。おれを見れば母だって元気がわくはずだ。でも、もし間に合わなかったら……。

「陽介、いいか」と石井さんに言われて、おれは我に返った。

「はい。大丈夫です」

石井さんによると、奄美大島から羽田に直行する飛行機は一日一便しかなく、普通は鹿児島空港に出て、そこから羽田行きに乗り継ぐ。予約はもうすませてあり、午後三時二十分発の便で鹿児島にむかうことになっている。そう言われて、あらためて腕時計を見ると、午後二時をまわったところだった。

「だから急いでるってわけさ。でも間に合うよ。ほら、その先の交叉点《こうさてん》に案内板が出てるだろ」

太平洋に突きあたるかっこうの丁字路には、左向きの矢印の下に「奄美空港　18㎞」と標示が出ていて、まだ遠いじゃないかと、おれは気が気でなかった。そこで携帯電話が鳴りだし、ハンドルを切っていた石井さんがおれに出てくれというようにポケットの電話を差し出した。

「もしもし、克ちゃん」と、恵子おばさんの声が聞こえて、おれは胸がつぶれそうになった。

「あの、おれです。陽介です」

「克ちゃんは？」

「今、運転中なんで」

母が無事なら、おれに言えばすむ。それなのに、おばさんが口ごもっているということは……。

「いいかい陽介、よく聞くんだよ」

一呼吸おいて恵子おばさんが話しだそうとしたとき、石井さんがおれの手から携帯電話を奪い取った。カーブを曲がり終えた車は海岸沿いの長い直線道路に出ていて、石井さんは「うん、うん」とうなずいてから、「わかった。このまま東京にむかわせればいいんだな」と言って電話を切った。

「よかったな。おかあさん、無事だって」

前をむいたまま早口で話す石井さんのことばを耳に入れながら、おれは窓の外に広がる青い海と青い空に、感謝を込めて頭《こうべ》をたれた。

母は過労から心臓発作をおこして倒れたのだった。さいわい応急処置が的確で、すぐに病院に搬送されたため、症状が悪化することはないと思われる。ただし心身ともにかなり衰弱しているので、一週間ほど入院して回復につとめたほうがいいのではないかと母を診察した医師は言っている。

母の病室でそう教えてくれたのは、梅本《うめもと》さんという、父の弁護を引き受けている筒井《つつい》法律事務所の女性スタッフだった。

腕に点滴の針を刺したまま眠る母はゆうに十歳以上も年老いて見えた。この間の心労に心臓発作のダメージが加わったのだろう。化粧をしていないせいでしみが目立つ肌は張りがなく、目も落ちくぼんで、母だと認めるのがためらわれるほどだった。

「三十分くらい前まで起きていらしたんだけど、今は薬が効いて眠っているから……」

そううながされて病室を出たあと、おれは梅本さんから諸々《もろもろ》の事情を聞いた。まず言われたのは、父の懲戒解雇が決まった時点で銀行の健康保険は打ち切られているが、母は国民健康保険に入っているので、その点は心配しないようにとのことだった。

「最初にうちの事務所にみえたときに、息子さんにも保険証が必要だから、加入手続きをしておいてくださいってアドバイスをしたんだけど……」と言いよどんで、梅本さんは眉をひそめた。

「こんなことを言うべきじゃないのはわかってるけど、高見さんにご主人と離婚しないように勧めたのが本当によかったのかどうか、うちのスタッフはみんな悩んでいるの」

梅本さんはやさしい人らしく、母を本気で心配してくれていた。三十歳くらいで、すらりとした背格好がどことなく波子さんと似ていて、おれはタイムマシンに乗って未来の彼女に会っているような気がした。こんなときに波子さんのことを考えるなんてどうかしていると思ったが、おかげでおれは気持ちがだいぶ落ちついた。

筒井法律事務所は弁護士の筒井先生をはじめスタッフ全員が女性で、主に離婚やＤＶといった男女間のもめ事を扱っている。母は週に一度、熱海から出てきては、父の刑を軽くするために公判の場でどう発言すべきかについて懸命に勉強していた。ときには一日で熱海と福岡を往復し、拘置所にいる父を励ましていたという。

母からは、札幌にいるおれにあてて二週間に一通のペースで手紙が届いていたが、父の裁判についてはほとんど書かれていなかった。初公判の日にちや判決の見通し等、知りたいことはいくらもあったが、母が書いてこないのは、おとうさんのことはわたしに任せて、あなたは勉強に励みなさいという意思表示だと受けとめて、おれはあえてたずねずにいたのだった。

「とても賢い方で、物腰も柔らかいし、ご自分の件が一段落したらぜひうちのスタッフに加わっていただこうって、筒井先生とも話していたの」と梅本さんに言われて、おれは涙が出るほどうれしかった。

ただし父はどうやっても実刑を免れず、先月二十一日に開かれた福岡地裁での初公判で、検察側から懲役五年を求刑された。公判には母も出廷し、情状証人として夫の更生を助けていく決意を述べたという。弁護側は事実関係では争わず、銀行を懲戒解雇される等の社会的な制裁も受けていることから、執行猶予付きの判決を求めて、公判は即日結審した。

裁判所への出廷がよほどこたえたようで、母は傍目《はため》にもそうとうまいって見えた。梅本さんは、しばらく仕事を休むように勧めたが、母はどうしても首をたてにふらなかったという。

「陽介もがんばってるから、わたしも負けていられないって。よく、あなたの自慢話を聞かされてるのよ」

そう言われて、おれは涙をこらえきれなかった。判決は八月六日、つまり三日後の午前中に下される予定で、三、四年の実刑は覚悟しなければならないと思われる。母は再び福岡まで行き、判決の場に立ちあうつもりでいたが、この様子ではとても無理だろう。

十五分ほどで目を覚ました母は、久しぶりにおれの顔を見たうれしさと、肝心なときに倒れてしまったふがいなさから涙が止まらなくなり、回診に訪れた医師に面会を打ち切られるほどだった。

また明日来るからと約束して病室を出たあと、おれは梅本さんに今夜泊まるところはあるのかときかれた。朝霞の家はすでに銀行が管理していて、家財道具や衣類はトランクルームにあずけられていることを踏まえての質問に、「大丈夫です」と答えてから、おれはロビーで梅本さんと別れてトイレに入った。

病院を出たところで腕時計を見ると、もう八時半をすぎている。おれはロータリー兼用の中庭を眺めながらなにかを待っている自分に気づき、今が塾の帰りと同じ時間帯なのだと気づいた。小四の二月から小六の一月末まで、水曜日以外は土日もずっと塾に通いづめで、勉強を終えて建物の外に出たときの雰囲気がちょうどこんなかんじだったのだ。

最初の頃は、家から朝霞駅前の学習塾まで、母が車で送り迎えをしてくれた。五年生になると自分で自転車をこいだが、天気が悪い日や冬のあいだはやっぱり母が送り迎えをしてくれた。病室のベッドで眠る母が迎えに来るはずがないのにと、自分の甘ったれぶりを笑いながら、おれはポケットのメモを取り出した。

大学ノートを破った紙には「後藤善男」の名前につづいて、「グループホーム八方園」の住所と電話番号が書かれていた。奄美空港に着いてから、石井さんに、東京ではそこに泊まればいいよと言われてメモをわたされたときは、魴鮄舎と同じ児童養護施設なのかと思ったが、こちらは老人たちが暮すグループホームなのだという。

「陽介対善男の組み合わせはマジで見てみたいよ。札幌に戻ったら話を聞かせてくれよな」

おかしそうに言ったあと、石井さんはおれの財布に一万円札を三枚入れた。奄美大島↓鹿児島↓羽田と乗り継ぐ飛行機のチケットは買ってもらっているので、三万円は多すぎる気がしたが、なにがあるかわからないからと言われて、おれはありがたく受け取ることにした。それから、おれの衣類と勉強道具は、明日にでも宅配便で八方園あてに送ってくれるという。

グループホーム八方園があるのは新宿区上落合《かみおちあい》で、もよりの駅は中井《なかい》。石井さんは去年の夏に立ちよっていて、JRから西武新宿線に乗り換えるのには新宿駅よりも高田馬場《たかだのば》駅のほうが便利だと教えてくれた。

奄美大島から東京まで移動したうえに、母を見舞った余韻で頭もからだも疲れ切っていたが、おれは恵子おばさんの元夫に一夜の宿をこうべく、信濃町駅にむかって夜の街を歩いていった。

結局、おれは東京に二週間以上もいて、札幌に戻ったのは八月二十日だった。

滞在が長引いた理由のひとつは、父の裁判が終わったあとも、体調が万全でない母につきそっていたためだ。

八月六日の判決公判の結果を、母とおれは梅本さんから借りたノートパソコンに送信されてきたメールによって知った。それ以前に、おれは同じパソコンで、検察側による冒頭陳述から始まる初公判の記録を読んでいたが、あらためて父の浅はかさに怒りがわいた。

父は旧知の顧客からあずかった三千五百万円を横領し、そのうちの一千万円で中古のマンションを愛人名義で購入した。残りの二千五百万円を株に投資してマンション代の穴を埋めようとのもくろみは、昨年九月のリーマン・ショックに端を発する「百年に一度の不況」によってものの見事に潰《つい》え去った。父は、愛人にマンションを売って金にしてくれと泣きついたが、「これは私名義のマンションだから」と居直られ、彼女はマンションを人に貸して新潟に戻ってしまった。つまり父は半年近くものあいだ、いずれ事件が公になり、逮捕される可能性に怯《おび》えていたことになる。

その意味で、父はまちがいなく反省していた。そして、それ以上に判決に影響を与えたのは、被告人の妻であるところの母の情状証言だったと思われる。離婚という選択も考えたが、夫の更生と再起を信じて婚姻関係を継続するだけでなく、借金の返済にも協力していきたいという母の発言は、よほど裁判官の気持ちを動かしたのだろう。そうでなければ、いくら事実関係で争わないとはいえ、懲役五年という検察側の求刑に対して、懲役二年の判決が下された理由が説明できなかった。

傍聴していた梅本さんも驚いたようで、量刑を聞いたところで飛び出してきたという彼女からのメールを見ると、母とおれは無言で抱き合った。

「五年が二年に減ったのはなによりだけど、これから二年間刑務所に入れられているあいだに五年ぶん、いや十年ぶんはみっちり反省してほしいよね」と言って、おれが母を苦笑させたのは、判決の知らせが届いて小一時間がすぎてからだった。

母によると、朝霞の家の売却に加えて、定期預金や生命保険、それにおれの学資保険を解約して銀行への返済に当てた結果、返済金の残りは八百万円弱にまでなっている。かなりな金額だけれど、けっして返せない額ではない。おとうさんにもがんばってもらって、おれに迷惑をかけないようにできるだけ早く返済したいと語る母の顔には、これまでにない強さが感じられた。

検察による控訴が懸念されたが、翌日には控訴の断念が伝えられて、父は懲役二年の実刑が確定した。

梅本さんからの連絡を受けると、おれはすぐに母の携帯電話から恵子おばさんにあててメールを送った。しかし、前日に判決を知らせたときと同様に、おばさんからの返信はなかった。

　その後も、おれはほぼ毎日恵子おばさんにメールを送り、母が退院後に筒井法律事務所が運営する東中野《ひがしなかの》のシェルターに入ったことや、札幌には八月二十日に戻るつもりでいること等を知らせた。しかし一度として返信はなく、なにか機嫌を損ねることをしてしまったのではないかと、おれは気が気でなかった。

　石井さんは少しだけマシで、こちらから三回送ると一回は返信があった。もっとも石井さんもメールを打つのがめんどうらしく、おれがケータイ小説並みの分量を送っても、「了解」とか「大変だなあ」といった簡単な応答があるだけで、ちっともやりとりが進まない。

　それでも明日は札幌に戻るのだからと、意を決して石井さんに電話すると、恵子おばさんは取り込み中なので、無理に連絡しないほうがいいと忠告された。詳しくは札幌で話すと言われて、おれは新千歳《しんちとせ》空港から二十四軒のマンションに直行した。

　バスのなかからではわからなかったが、舗道に降りて見あげると、札幌の空はすっかり秋めいていた。おれは頭に日本地図を思い浮かべて、札幌から奄美大島へ、そして奄美大島から東京経由で札幌へと自分を移動させて、なるほどここはこんなにも北なのだと納得した。

北海道では、週明け二十四日の月曜日から二学期が始まる。やがて冬が来て、街は一面の雪におおわれるだろう。体育の授業でスキーやスケートをするというのは本当なのだろうか。父の事件に区切りがつき、初めてすごす北海道の冬に期待で胸をふくらませながら、おれは懐かしささえ感じる北の街を歩いていった。

てっきり卓也も来ていると思ったのに、玄関でおれを迎えてくれたのは石井さんだけだった。アテがはずれた気持ちのまま、いつものようにサイドボードの遺影に手を合わせてから、おれは座布団の脇に正座した。

「いろいろお世話になりました。母が、くれぐれもよろしくと申しておりました。お借りしたお金については、いつか必ず……」

「それで、善男は元気だったかい？」

他人行儀なあいさつはやめてくれというようにさえぎられて、おれは畳につけていた額を上げた。

「お婆《ばあ》さんたちが、うるさかっただろう」

「はい。でも、みなさん八十歳を超えているのにすごく元気なんで驚きました」

恵子おばさんの元夫である後藤善男さんが運営する八方園は、六人の老婆と小中学生の姉妹が暮すグループホームだった。もともとはお婆さんばかり七人だったが、四年前に一人が亡くなり、空いた部屋に日本人の父とインドネシア人の母のあいだに生まれた少女たちが加わったのだという。レーウィとラットナーという名前で、暴力団関係者の父親は行方不明、母親は覚醒剤取締法違反で服役中のため、栃木県内にある児童養護施設で暮していたが、縁あって里子として八方園に引き取られた。

「芝居でくっついた夫婦が、離婚したあとは東京と札幌で別々に福祉関係の仕事をやってるわけで、どこまでいっても似たもの同士ってことなんだろうな」

おかしくてしかたがないといった顔で話す石井さんに合わせてうなずいたものの、恵子おばさんと後藤さんの状況はけっして同じではなかった。なによりのちがいは、後藤さんが再婚して、新しい奥さんとのあいだに子供が生まれていることだった。由宇人《ゆうと》君といって、七月で二歳になったばかり。奥さんの有里《ゆり》さんは三十五歳で税理士として働いている。

お婆さんたちにとってみれば、息子夫婦と一緒に暮しているようなものなのだろう。いそがしい両親にかわり、みんなでよちよち歩きの子供の相手をする様子は危なっかしくも楽しそうだった。そこに里子の少女たちが加わって、八方園は世代を超えた新しいグループホームの形態として、多くの福祉関係者から注目されているのだという。

しかし、おれの興味はあくまで後藤善男その人だった。おばさんを愛し、おばさんに愛された男性はどれほどの人間なのか。

結論からいえば、おれの期待は裏切られなかった。奄美大島から羽田に着いて母を見舞ったあと、信濃町駅にむかう途中の公衆電話からメモの番号にかけると、「はい、八方園」と野太い声が響き、おれの全身が震えた。

「おお、陽介か。石井さんから電話があってなあ。遅いから、どうしたのかって心配してたんだわ」

おれが恵子おばさんの甥《おい》であることなどちっとも気にならないといった口ぶりに軽い反発をおぼえながらも、おれは話が通じているとわかって安心した。そして中井駅の改札口に立つ長身の男性を見つけたとたん、おれはおばさんの幸せと苦しみの全部がわかった気がした。

卓也よりもまだ高いのだから、後藤さんの身長は百八十センチを超えているだろう。四十代なかばとは思えない引き締まったからだと、つりあがった大きな目が光る顔はどう見てもただ者ではなかった。

恵子おばさんは後藤さんに出会ったからこそ、芝居にのめり込んだのだ。医者になる夢も捨てて、おばさんは後藤さんに自分のすべてを賭《か》けた。それは絶対にまちがいない。そして後藤さんもおばさんを受けとめた。しかし二人の関係は長くはつづかなかった。これほどの男性に愛されて子供まで産み、しかもなお別れるしかなかったというのなら、あとはもう自分自身で突き進む以外に道はない。そして後藤さんもまた、恵子おばさんとの離別を忘れようがないからこそ、困難な生き方をつづけているのではないだろうか。おれが二週間以上も東京にいたのは、後藤さんを見た瞬間にひらめいた直感をたしかめるためでもあった。

「ところで、波子ちゃんとはどうなってるんだよ」と石井さんにきかれて、おれは我に返った。

「いや、別にどうっていうほどには……」

そんなことはないだろうという顔で石井さんは携帯電話を開き、和田さんからのメールを証拠として突きつけた。

〈今年も引率ご苦労さまでした。柴田君をはじめ、際立って元気な中学生たちで、かれらの将来が楽しみです。そしていまさらながら、恵子さんの力には恐れ入るばかりです。石井さんもずいぶん元気を回復していて、安心しました。娘の波子もきのう東京に帰ってゆき、南の島にひとり残されて、なんともさみしい気持ちでいます。実は、その波子から、高見陽介君の連絡先をきいてほしいと頼まれました。おかあさんが倒れたとはいえ、とつぜん去られてしまったので、できれば東京で会いたいのだそうです。男親としてはなんとも複雑な気持ちですが……〉

同じメールは石井さんから後藤さんのパソコンに転送されてきて、思いがけない内容に、おれは恥ずかしくてしかたがなかった。もちろんうれしさのほうが勝っていて、おれはすぐに波子さんに電話をかけた。だから、正直にいえば、東京に二週間以上もいた理由は三つだった。

「波子ちゃんに会ったんだろ？」

「はい」

「何回だ」

「三回です」

「本当だな」

「あの、今朝羽田空港まで見送りに来てくれたのも入れると四回です」

刑事に問いつめられる犯人という図が頭に浮かぶのと同時に、あまりに父にすまない気がしたが、石井さんは簡単には許してくれなかった。

「なあ、陽介。おれは波子ちゃんとのデート代に困らないように、おまえに金を持たせたわけじゃないんだよ」

「いや、会うのは公園や図書館だったんで……」

「どこの公園と図書館だか、言ってみな」

「林芙《はやしふ》美《み》子《こ》記念館と、中井駅から歩いて五分くらいのところにある図書館と公民館がくっついたような施設です」

「林芙美子とは、シブイじゃないか」

「あの、おれは全然知らなくて。でも、とてもいいところでした」


おれが波子さんに会ったのは、八月八日の土曜日だった。午前中は塾の夏期講習があるというので、午後二時に中井駅で待ち合わせて、まずは林芙美子記念館に行った。おれはその小説家の名前も知らなかったが、将来編集者になりたいという彼女は以前から行きたかったのだという。木々や草花が生い茂る広い敷地に平屋の日本家屋がつらなる邸宅は素晴らしく、これはあきらかにデートだと、おれは興奮していた。

展示室に掲示されていた年譜を見ながら波子さんが説明してくれたところによると、林芙美子は貧しい家庭に育ち、物心ついた頃から行商人の義父と母につれられて、九州一円の粗末な宿を泊まり歩いた。『放浪記』はそうした幼年期をすごした著者による自伝的小説であり、つまり彼女はＨＯＢＯ＝放浪者そのものなのだと知って、おれは魴鮄舎の名前の由来を波子さんに話した。

やがて話題は父の裁判へと移り、木陰のベンチに波子さんと並んですわり、おれが判決の結果を教えると、父に会うつもりはないのかとたずねられた。それはおれも考えていたことで、名瀬のマンションで波子さんと話していたときは、奄美からの帰りに自分だけ福岡によろうかとさえ思っていた。ただ、東京まで来てしまった今となっては、福岡とのあいだを往復するだけのお金がなかった。

「それなら手紙を書けばいいと思う。絶対にそうしたほうがいいから」と波子さんに勧められて、おれはたしかにそうだとうなずいた。

翌日また会って、彼女に下書きを添削してもらうことになり、おれは八方園に帰ると机にむかった。もともとは学生相手の下宿だったという木造の建物は後藤さんの手によって改装されて、一階は食堂とリビングを兼ねた広間と後藤さん一家の居室、二階がお婆さんたちの個室になっている。

廊下の両側に四つずつ部屋が並び、おれは一番奥の部屋を借りていた。二年前から花さんが使っているが、夏のあいだは沖縄にアルバイトに行っているため空いている。

恵子おばさんの娘が八方園で暮しているときと知ったとき、おれは少なからぬショックを受けた。そのうえ、おれまで後藤さんの世話になるとあっては、おばさんが面白からぬ気持ちになってメールに返事をくれないのも無理はない気がした。

ともかく、おれは波子さんによる懇切ていねいな指導のもと、父への手紙を書き上げた。「もっとも」や「まるで」が頻出するというくせはすぐに直せたが、なにより困ったのはおれが父への態度を決めかねていることだった。

やってしまったことはしかたがないから、きちんと罪を償《つぐな》ってもらいたいと願う一方で、二度とおれたちの前に姿を見せないでほしいと思うときもある。母に与えた悲しみの大きさを思えば、一生刑務所に入っていてもいいくらいだ。判決が確定したばかりとあって、まだ気持ちの整理がつかないのは自分でもわかっているが、どれだけの月日をついやしても父への憤りがおさまることはない気がする。もちろん、父のやさしさは忘れてはいないし、数えきれないほどの楽しい思い出があるからこそ、今のおれがあるのもよくわかっている……。

「その悩みを、そのまま書けばいいと思う。ただし、おとうさんにぶつけるんじゃなくて、名瀬の家でわたしに話してくれたときみたいに。これから先、陽介君が生きていくなかで、自分なりに考えつづけていくんだっていうスタンスで」

波子さんのアドバイスのおかげでようやく書き上がった長い手紙を見せると、母は読み終えたあと、じっと押し黙ってしまった。ここまで厳しく書いては、父の立つ瀬がないだろうかと心配するおれに、母はしばらくしてから、この手紙をコピーしてもらえないかと言った。筒井弁護士や梅本さんから、裁判でご主人を弁護するのと、今後の生き方としてご主人とどうつきあっていくのかはきちんと区別して考えなくてはいけないとくりかえし注意されたことの意味がようやくわかったとも言われて、おれはきのうの別れ際に、自分の手で写した手紙を母にわたした。

そうした母とのやりとりや、とうとう恵子おばさんからは一度もメールが来なかったことを、おれは今朝羽田空港にむかうモノレールのなかで波子さんに伝えたのだった。

「いいよなあ。おれも若い子と再婚しようかなあ」

おれの報告を聞き終えると、石井さんはそう言って、サイドボードの遺影に目をやった。

「二年半で、たったの三回しか夢に出てきてくれなくてさあ。おい、もうおれのことなんか忘れちゃってるんじゃないか」

写真のなかでほほえむ奥さんにむかって文句を言いながら立ちあがると、石井さんはタバコを吸いにベランダに出ていった。

タバコを吸い終えた石井さんは、肝心の用件を忘れるところだったと言って、おれが鮒鮒舎を留守にしているあいだに恵子おばさんに降りかかったいくつもの難題を話してくれた。もっとも、そのうちの二つは鮒鮒舎に帰ればすぐにわかるはずだというので、実際に石井さんが話してくれたのは、「本気でくたびれるから、覚悟しろよ」との前置きがついた、もっとも厄介《やっかい》な問題についてだけだった。

石井さんの部屋を出ると、外はもう夕暮だった。午後六時半をまわっていて、ひとつの話を聞くのに三時間もかかったのかと思うとため息がもれた。難題つづきの鮒鮒舎に帰るのは気が重かったが、卓也をはじめ、みんながおれの帰りを待っていると言われては、後ろを見せるわけにいかなかった。

大通駅で乗り換えた地下鉄南北線を北12条駅で降りると、おれは三ヵ月前と同じように、エナメルのスポーツバッグを肩からさげて、地上にむかって階段を上っていった。「ただいま!」と元気よく言って戸を開けよう。そう考えながら角を曲がると、鮒鮒舎の前に恵子おばさんがいるのが見えた。おばさんの前でうなだれているのは中林《なかばやし》さんだ。

小走りで近づきながら、「ただいま」と言ったのに、二人ともこちらを見もしない。

「陽介です。遅くなってすみませんでした」

すぐそばまで行っても、恵子おばさんは目の前の相手をにらんだままだった。一方の中林さんはいつもどおりの無表情で、両腕をだらりとさげて立っている。

中林さんは魴鮄舎の三年生で、特徴はお面のような無表情。卓也は「面さん」というあだなをつけて、面とむかって、「おい、面さん」と呼んでいたが、それでも表情ひとつ変わらない。情緒障害の一種らしいが、お面のような無表情は中林さんがなめてきた苦難の深さを物語っているのだろう。

なにがあったのか知らないが、これが石井さんが言っていた難題のうちのひとつだなと思いながら、おれは二人の横をぬけて引き戸を開けた。

玄関を入ると、すぐそこに卓也がいて、見ただろうという顔で目くばせをしてから、おれを二階の部屋につれていった。少し前に石井さんから、間もなくおれが着くと電話があったのだという。

「どうしたんだ、あれ？」

バッグを置くなりおれがきくと、卓也は長い腕をいっぱいに伸ばして大きな伸びをした。

「あわてなくても教えてやるよ。それより、おかあさんが無事でよかったな」

「うん、ありがとう」

「車のなかでは心配で泣きだしそうだったって、石井さんが言ってたぜ」

「そうだったかなあ」

そんなやり取りをしているところに健司と勝もやってきて、おれは懐かしさのあまり二人と握手を交わした。すると、久しぶりに部屋のメンバーがせいぞろいしてうれしくなった卓也が猥談《わいだん》まじりの話を始めて、おれたちは笑いころげた。

「それで、中林さんはどうしたんだよ」

ひとしきり笑ったところでおれがたずねると、「ああ、あれな」と言って、卓也はベッドのはしに腰かけた。

「あれはつまり、面さんがスーパーで万引きしたところを捕まって、おばさんが引き取りに行ったんだけど、店の人にさんざん怒鳴られて、鲂鮄舎まで戻ってきたところでお灸《きゆう》をすえてるって図だよ」

中林さんは四人いる鲂鮄舎の三年生のなかで一番成績が良かった。栄北中は各学年とも生徒数が二百五十人くらいだが、そのなかで四十〜五十番といったところで、このまいけば道立の中堅校に合格できる。しかし、高校入試が現実味を帯びるにつれてプレッシャーにおそわれたらしく、夏休みに入り、恵子おばさん直々の指導による夏期講習が始まると、中林さんは盗癖を発揮するようになった。

子供の頃からの悪癖で、おれが魴鮄舎に来た頃は落ちついていたようだが、マンガ本やゲームソフトからお菓子に靴下まで、手当たりしだいになんでも盗む。ただし品物に興味はなく、たいていは盗んだあと、ごみ箱に捨ててしまう。ときには今日のように捕まって、店員や警官にいくら叱られても無表情のまま。謝りもせず、泣きもしない。勢い怒りは身元引受人としてやってきた恵子おばさんにむけられて、さすがに言い返すわけにいかず、ひたすらストレスがたまっていく。かといって手綱をゆるめて高校に落ちたら最後、もう施設では暮せなくなってしまう。

今回卓也に教えられて初めて知ったのだが、児童福祉法の対象になる〝児童〟は、「満十八歳に満たない者」と定義されている。ただし現実には施設の不足により、高校に進学しない者は中学を卒業した時点で退所を余儀なくされる。つまり、わずか十五歳で、単身社会に出ていかなくてはならないのだ。

そのため、各施設ではなんとかして児童全員を公立高校に進学させて、十八歳までの生活を保障しようとしているが、必ずしもうまくいっていない。それにせっかく合格しても、高校を中退してしまう者もいる。もっとも高校中退は児童養護施設で暮す生徒にかぎった話ではない。

「前に石井さんがいた高校なんて、シャレにならないくらい中退したってさ」

石井さんは二年前まで札幌北西高校という札幌市内で偏差値が最低ランクの道立高校に勤めていたが、毎年一年生の一学期中に二割近い生徒が退学した。理由は家庭の経済状態であったり、学校になじめなかったりといろいろだが、夜間高校に移ってでも勉強をつづけるようにと説得しているうちに学校に来なくなり、心配になって家を訪ねても本人も親もつかまらないといったケースがいくつもあったという。

「そいつらはどうしてるんだよ？　だって十五、六歳で働かせてくれるところなんてほとんどないだろ」

おれが思わず口をはさむと、卓也が真面目な顔でうなずいた。

「おれも同じことが気になって、石井さんにきいたんだけど、こっちが知りたいくらいだって言われたよ。最初の一年で胃に穴があいたっていうんだから、石井さんもよっぽど心配したんだろう」

新聞やテレビのニュースによると、北海道は十年以上も不況がつづき、仮に高校を卒業したところで正社員として就職できる可能性はきわめて低い。中林さんやほかの三年生たちは、おれなどの想像が及ばないプレッシャーのなかで勉強しているのだ。健司が、奄美大島であれほど懸命に養豚に取り組んでいたのも、そうした事情を身にしみて知っているからにちがいない。

中林さんがらみの話題をひとわたり話し終えると、「厄介なことはまだあるんだぜ」と卓也が言ったが、そこで階下から晩ご飯のしたくができたと声がして、おれたちは食堂にむかった。

「陽介、さっきは悪かったね」と恵子おばさんに迎えられて、おれは先にテーブルに着いていたみんなの顔を見まわした。中林さんは無表情のままだったが、ありさと奈津はおれと目が合うと笑顔になった。東京にいるあいだは、魴鮄舎のことなどろくに思い出さなかったのに、ほぼ一ヵ月ぶりに戻ってみると、ここここそが自分の居場所なのだという気がした。卓也と並んでありさと奈津の前にすわるとすぐに奄美大島旅行の話が始まって、おれたちは大いに盛りあがった。

「ほら、しゃべってばかりいないで、ちゃんと食べるんだよ」

そう注意する恵子おばさんの声もどこか楽しげだったが、玄関のチャイムが鳴ったとたん、食堂にいる全員が身をすくめた。

「すみません、後藤さん」

キーの高い男性の声に応じるように、卓也が舌を鳴らして立ちあがった。

「いいから、あんたはすわってな」

卓也を制して恵子おばさんが玄関にむかうと、「後藤さん、開けてくださいよ」と男の声がした。

「なんの用ですか、倉田《くらた》さん」

倉田は、ありさの名字だった。そう気づいて前をむくと、ありさが真っ青な顔で震えている。

「娘に、ありさに会わせてください」

「それはお断りするって、きのうもおといも申し上げましたよね」

「わたしは実の父親ですよ。どうして娘に会わせてくれないんですか？」

「その理由は、すでに児童相談所を通じて説明してあるはずです。いいですか倉田さん、これで五日連続ですからね。すぐに立ち去らないと、きのうみたいに警察を呼びますよ」

恵子おばさんの声は静かだったが、そのぶん凄味《すごみ》があった。

「わかりました。いつまでもこんな対応をとるつもりなんですね。それでは、わたしも法的手段に訴えます。今日はその予告に来たんです。近々家庭裁判所に娘との面会要求を申し立てますから、お取り計らいをよろしくお願いしますよ。今日はこれで帰ります。さようなら。おやすみなさい」

ようやく立ち去るのかと思ったら、戸が激しく揺すられて、ありさが悲鳴をあげた。にぎやかだった夕食が散々になり、不安になったありさと奈津は食事のあとにおれたちの部屋にやってきた。

「ありさ、せっかく来たのに悪いんだけど、これから陽介に事情を説明するぞ。そのあいだだけでも自分たちの部屋に戻ってるか?」

卓也のことばに首を横にふると、ありさは奈津と一緒にベッドの隅に行き、頭から布団をかぶった。

石井さんから、恵子おばさんに降りかかった難題のうちの二つは魴鮄舎に帰ればすぐにわかると言われていたが、まさかこんな性質のことだとは思ってもみなかった。

そして、これもまた今回初めて知ったのだが、児童養護施設には「外泊」と呼ばれる制度がある。親のいる児童が夏休みやお正月に実家に帰ることで、親子の絆《きずな》を保つ効果があるとされている。期間は三、四日から、長くて一週間程度。ただし、温かく迎えてくれる親ばかりではない。酒びたりの母親が久しぶりに帰ってきた子供に家中を掃除させたり、外泊中に虐待がおこなわれるケースもあるため、事前の調査が大切になる。

ありさの母親はありさを産んでまもなく失踪し、養育に困った父親は娘を施設にあずけた。やがて父親とも連絡が取れなくなり、そのまま十年あまりがすぎた。ありさは小学校のあいだ断続的に不登校になっていたが、魴鮄舎に入ってからは毎日中学校に通えるようになった。ところが昨年の秋にとつぜん父親があらわれて、娘を引き取りたいと言い出した。そのため児童相談所の職員とともに恵子おばさんもありさの父親との面談に同席したが、この人は怪しいのではないかと疑いを持った。見るからに貧弱な女子でも、性的対象にされる可能性はあるのだから、よく調べてからでないと取り返しがつかないことになる。引き取るのが無理ならまずは外泊からでもと、父親が自分から言い出したのもよけいに怪しく、それ以前にありさが父親との面会を拒絶したため、引き取りの話はいったん流れた。

しかし、ありさの父親は簡単には諦めず、今年のお盆休みに娘の外泊を求める申請書を北区役所の児童福祉課に提出した。それも断られると、直接娘に会おうと魴鮄舎を訪れるようになり、今日で五日連続だという。かわいそうなのはありさで、せっかく鉄道の旅を満喫してきたのに、恵子おばさんやみんなに迷惑をかけて申し訳ないと、すっかり落ち込んでいる。

そんな親が本当にいるのかと驚いたが、卓也によると、中林さんの万引きや、ありさの父親とのもめ事に類する問題は、どの児童養護施設でもちょくちょくおきているのだという。そうはいっても、魴鮄舎は恵子おばさんがひとりで切りもりしているのだから、おれたち十四人の生活を成り立たせるだけでも大変なのに、そんなめんどうまで抱えているのかと思うと、おれのメールに返事をくれなかったのも無理はないという気がした。

二学期が始まり、おれは一学期にしてきたのと同じように、毎朝七時十五分に栄北中に登校した。教室ではなく、図書室に直行するのもこれまでと一緒だが、すぐには問題集は開かず、かわりに波子さんからの手紙を読むのが日課になった。

編集者になりたいというだけあって、波子さんは筆まめだった。十月半ばになっても週に一通のペースで手紙が届き、このところはしだいに秋が深まっていく都内の様子や、読んでいる本の感想が事細かにつづられていた。おれが飽きないように、手紙の長さや内容は毎回ちがえていて、ときには写メールをプリントアウトした写真が貼ってあったりと、あの手この手で楽しませてくれる。残念ながら、波子さんは自分のスナップ写真を送ってくれるような人ではなかったが、いつもそこから投函《とうかん》しているというポストの写真でも、おれは十分満足だった。

卓也たちの手前、魴鮄舎では大っぴらに手紙を読めないため、朝の図書室を自分の部屋がわりにして、おれは波子さんからの手紙に読みふけった。唯一の悩みはこちらからも返事を出さなければならないことで、さすがに学校の図書室では書く気になれず、おれは鮒鯑舎に帰ったあと、ひとりになるためにペンとはがきを持って一階の奥にあるおばあちゃんの部屋に行くことにしていた。

「失礼します。陽介です」とあいさつをしても、返事はかえってこない。もっとも意識はあって、おれを見るとベッドに横たわるおばあちゃんの口元がほんの少しゆるんだ。

暁子《あきこ》おばあちゃんは七十三歳、ぼけるのには早いが、福井から札幌に移ってすぐにおじいちゃんが死んでしまったのがよほどショックだったのだろう。おばあちゃんは精神的に不安定になり、三年前からはとうとう寝たきりになってしまった。

おれが自分の孫だとわかっているのかどうか、実は心もとないのだが、おれは孫の権利として、いつもおばあちゃんのそばで波子さんへのはがきを書いた。ただし、今回はどうしてもてきとうな話題が見つからず、おれは思いついておばあちゃんの寝顔をスケッチした。底光りする肌に深く刻まれたしわは浜辺で育ったからこそのものなのだろう。広い額に、つむっていても大きいとわかる両目。恵子おばさんや母よりもいくぶん面長な顔で、首や肩はがっしりしている。はがきなので、ごく簡単な輪郭線《りんかくせん》しか描けないが、おれはおばあちゃんの存在をかつてなく身近に感じた。

本当は話題がないどころか、石井さんが言っていた「もっとも厄介な問題」に鮒鯑舎全体が巻き込まれていたのだが、そこにはユーモアのかけらもなく、恵子おばさんをはじめ、誰もが手をこまねいているしかないこともあって、おれは母にも波子さんにも知らせずにいたのだった。

　実際、その問題のおかげで、おれたちの生活は乱れに乱れていた。恵子おばさんは外に出たきり夜になっても戻らないことが多く、夕食は自分たちでご飯を炊いて、味噌汁《みそしる》を作り、おかずは缶詰のサンマの蒲焼《かばや》きといった日もあった。食事のかたづけに洗濯に風呂掃除、さらには買物や帳簿のチェックまで、みんなで手分けをしてする仕事が増えて、勉強時間が確保できない。おばさんの前では誰も文句を言わずにいたが、しだいに不満がたまってきたのは事実だった。

「だから、野月《のづき》なんてヤツはとっとと死ねばいいんだよ」

　ある晩、テーブルの食器を調理場に運ぶ途中に卓也が口走ったところに帰宅したばかりの恵子おばさんがあらわれて、いきがかり上、二人はにらみあった。

「なんだって。卓也、もういっぺん言ってみな」

「ああ、言ってやるよ。野月なんて甘ったれは、とっとと死ねばいいんだよ」

「いいじゃないか、甘ったれてたって」

「ふざけんなよ。あいつのせいで、おれたちがどんだけ迷惑してると思ってんだよ」

「ちょっとばかり風呂掃除や皿洗いをしたくらいで、エラそうに言うんじゃないよ」

「おれたちはいいんだよ、まだ二年なんだから。でも、三年生たちはどうすんだよ」

「あんたにしちゃあ、殊勝なことを言うじゃないか。あの子たちは、あたしが三年がかりで鍛えてきたんだからね、ああ見えてもピンチになるほど強いんだよ」

それは本当にそのとおりで、「面さん」こと中林さんの盗癖はこのところやんだままだったし、おれは毎晩のように三年生の部屋に呼ばれて、四人の先輩たちに数学や英語を教えていた。

〈教えることは学ぶこと〉という格言があるが、高校入試にむけた三年生たちの学習を助けることは、おれの学力を確実にアップさせていた。二学期の中間テストでも吉見をふりきってトップを守ったせいもあって、おれは卓也ほどの不満は感じていなかったし、なにより七月末以降音信が途絶えているという野月さんのことが心配でならなかった。

野月真一《しんいち》さんは魴鮄舎の第一期生で、札幌北西高校での石井さんの教え子でもあった。ただし高校は二年生の一学期で中退して、その後は北海道内や本州各地でアルバイト生活を送っていた。野月さんからは恵子おばさんあてに定期的にメールが届き、ブログ日記《真・HOBO宣言》も公開していたので、そうとう苦しい目にあいながらも、なんとかがんばっている様子がわかったという。

十勝《とかち》のジャガイモと玉ねぎ、青森のリンゴ、静岡のみかん、そして沖縄のサトウキビ。野月さんは農作物の収穫期に合わせて日本全国を移動しながら働くことで、高校中退後の生活をスタートさせた。

〈これこそが今の日本で唯一可能なHOBO＝放浪者の生き方なのだと、おれは考えている。企業の言いなりに働かされる派遣労働者ではなく、（これから先につくられていくであろう）独自に張りめぐらせたネットワークを駆使して、日本列島を渡り歩きながら生き延びていくのだ〉

〈HOBOと勝手気儘《かってきまま》はちがう。昔のことばでいえば、仁義をわきまえること。一宿一飯の恩義を忘れず、懸命に働くことで、HOBOたちはそのつど自分の存在を証明する。そのために必要なのは体力と集中力、そしてどこでも眠れる適応力。器用であることも重要だ。それから、できることなら発揮したくないが、狡猾《こうかつ》な相手に利用されないための観察眼も身につけなくてはならない。最後の要素が、おれには一番足りないと、肝に銘じておこう〉

〈HOBOは、野垂れ死にをする覚悟と引き換えに自由を手に入れる。もちろん簡単には死んでやらないが、なんとしても納得できず、したがえるはずのない命令に対してノーと言い切るためなら、死すら甘んじて受け容《い》れよう。この世の悲惨は、ひとりひとり

のひるみの蓄積がもたらすものなのだから〉

東京から札幌に戻った日に、おれは石井さんのパソコンで、野月さんのブログ日記《真・HOBO宣言》を読み、全文をプリントアウトしてもらっていた。丸二年に及ぶ日記の大半は、日々の仕事や一緒に働く人たちのことを書いたメモ的な記事だが、ときおり格言めいた抽象的な文章が介入してくるのが特徴だった。

六年前の四月にグループホーム魴鮄舎が開設されたとき、生徒は六人だった。常駐の職員は恵子おばさんひとりなので、六人でも多すぎると関係者たちから心配されたが、中一の男子ばかりを集めたのが功を奏して、魴鮄舎のすべりだしは順調だった。なかでも野月さんはリーダーとして恵子おばさんを支え、その後に入ってきた下級生ともよくつきあって、変われば変わるものだと元いた施設の職員たちを驚かせた。以前は、学校でも施設でも好き放題に暴れて手がつけられなかったという。

「だから野月は、恵子に出会って立ち直ったところまではよかったんだけど、そのぶん魴鮄舎を理想化しちゃうところがあってね。これから魴鮄舎に入って来るヤツらは男子も女子もみんな恵子おばさんの子供で、だから全員が兄弟で、魴鮄舎を出たあとも一生助けあいながら生きていくんだとかって言うから、おれは適当にまぜっかえしてたんだけど、あいつは本気で怒るんだよな」

石井さんによれば、栄北中での野月さんの成績は学年で二十番前後で、努力しだいでは有名高校もめざせたはずだという。しかし野月さんは自分以外の五人とともに、当時石井さんが勤めていた札幌北西高校に進学した。中学の担任教師や恵子おばさんは大学に進むためにも、もっと偏差値の高い高校を受験するように勧めたが、野月さんはまるで耳を貸さなかったという。

ともあれ魴鮄舎の一期生である六人の男子はそろって高校に進学し、新琴似にある定員百名の児童養護施設に移って暮し始めた。

札幌北西高校での野月さんは周囲とは段ちがいの成績で、教師や同級生たちからも一目置かれる存在だったという。ところが、二年生になったばかりの四月半ばに野月さんは担任の男性教師を殴り、退学処分になった。

中退となれば施設を出なくてはならず、あわてた恵子おばさんが事情をたずねたが、野月さんは口をつぐんだままだった。担任教師の発言がきっかけらしいが、相手が入院するほどのケガを負わせたのでは弁解の余地はない。二月に奥さんと娘さんを亡くした石井さんが休職中だったこともあり、真相は不明のまま、野月さんは施設を出て十勝の農家に住み込んだ。

その後は本州に移ってリンゴやみかんの収穫を手伝い、年末から春先にかけては沖縄でサトウキビを刈ってと、最初の一年は順調にすぎた。しかし、今度もまたなにかうまくいかないことがあったのだろう。去年の秋頃からブログに書かれる内容が一変し、野月さんは世のなかへの恨みつらみばかりを述べるようになった。

高校を中退したときと同じく、具体的なできごとについてはいっさい書かないため、なにがあったのかはわからない。送られてくるメールも当てつけがましいものばかりだったが、恵子おばさんはていねいに応対していた。それにもかかわらず、年が明けると、野月さんはブログ上で恵子おばさんと魴鮄舎に対する誹謗中傷《ひぼうちゅうしょう》を始めた。

〈児童福祉の美名のもとに札幌市内の一等地を占拠！　グループホーム魴鮄舎を隠れ蓑《かくれみの》に、税金で衣食住をまかなう後藤家を許すな！〉

生活保護費を狙った悪徳業者が運営する宿泊施設ならいざ知らず、恵子おばさんを相手にそんな言いがかりをつけても始まらないのは、誰よりも野月さん自身がわかっていたはずだ。それに、いくらあおったところで、火種がなければけむりの立ちようがない。現にネット上での反響もまるでなく、恵子おばさんは野月さんが落ちつくまで連絡をしないことにした。

〈本当なら、こうした大切な事柄は、顔と顔をつきあわせて話すか、手紙に書いて送るのが筋だけれど、何度頼んでも住所を教えてもらえないので、しかたなくメールで送り

ます〉

そう前置きして、恵子おばさんが野月さんにあてて久しぶりのメールを送ったのは今年の三月初めだった。

〈あなたが、どんな苦しい目にあったのかはたずねません。今、どこでなにをしているのかもたずねません。でも、もしも意に染まない仕事についているのなら、舫舳舎で舎監をしませんか。ベッドと机をひとりぶん空けておくので、四月からそこに住んで、後輩たちのめんどうを見てくれればわたしも助かるし、あなたも夜学に通って、もう一度勉強しながら今後の進路を考えてみてはいかがでしょう〉

ところが野月さんは恵子おばさんからのメールをそのままブログに載せて、本来なら新中学生が暮すはずの貴重なスペースを自分を懐柔するために用いようとしていると、鬼の首でもとった調子であげつらった。これには恵子おばさんも憤慨して、死のうと生きようと勝手にすればいいと、野月さんのブログを見てかけつけた石井さんに言い放ったという。それでもなお、机とベッドを空けたままにしておいたのは、野月さんの心変わりを期待してのことだったのだろう。

「そういうわけで、陽介がすぐに舫舳舎に入れたのは、ある意味、野月のおかげなのさ」

たしかに、おれがいくら恵子おばさんの甥だといっても、空きがなければどうにもならない。実際、魴鮄舎は札幌市内の児童養護施設で暮す小学生にとってはある種のあこがれになっているらしい。札幌の街中にあるうえに少人数での暮しで、名うての恵子おばさんがにらみをきかせているのでいじめもない。高校からはまた大人数での生活に戻るにしても、中学の三年間だけでも家庭に近い環境で暮したいと願うのは当然だろう。おれがまだ見ぬ野月さんを心配するのは、そうした因縁が関係しているからでもあった。

その後も、野月さんはブログ日記《真・ＨＯＢＯ宣言》を書きつづけて、内容は深刻の度を増す一方だった。

〈誰も、おれをひとりの人間として扱おうとしない。それなのになぜ、おれは人間の名に値するつきあいを求めてしまうのか。良心をつらぬきとおしたいなどと願わなければ、こんな悪循環にはまりこまずにすんだのに〉

〈あのとき、あいつをぶっ殺しておけばよかったと、今日だけで五十回後悔した〉

〈親を殺せるヤツらが心底うらやましい。ぶっ殺したくても、おれには親がいない。正確にいえば、おれの誕生にかかわった男と女の名前も顔も、生きているのか死んでいるのかさえもわからない。叶うなら、残りの寿命と引き換えに二人の居場所をつきとめて、ヤツらもろとも、この世界からおれという存在を消去してしまいたい〉

そんな破滅的な断片ばかりを一ヵ月半ほど書きつづけたあと、野月さんの文章はまたトーンが変わった。

〈先立つものは金。これ以上の真実がこの世にあるだろうか！〉

〈すかした理想を口にするヤツらは必ず金を持っている。大した金がなくても、自分の部屋や好きなだけ街を歩ける時間がある。おれが一番嫌いなのは、たっぷり金をかけて育てられておきながら、いま現在金がないことを以《もっ》て、おれたちの仲間だという顔をしたがるヤツらだ！〉

〈これまでおれは、いかに自分の身ひとつで生きていくのかばかりを考えて、その結果ドツボにはまってきた。当たり前だ。1はどこまで行っても1でしかなく、それどころかよるとさわると削り取られて、小数点以下の存在に成り果てる。半分の0・5ならまだましで、0・01から0・001へ、さらに0・0001へと、果てしなく小さくされていく。自分のまわりを、家族や金や教養といったもので幾重にもおおっておかないかぎり、1という大きさを保つことなどできはしないのだ。しかし、いまさらどうやって、そんなおおいを作ればいいというのか〉

〈おれは覚悟を決めた。どんな手段を使ってでも一千万円を手にしてみせる。その一千万円を元手にして、おれは成り上がる。成功しないヤツに理想を語る資格はない。魴鮄舎の誰かさんのように、八百長まがいのおこぼれにありついて、つじつまあわせに福祉に手を出すのではなく、おれがもたらす〝おこぼれ〟によって、百人、二百人の仲間たちを救うのだ!〉

〈おれはまだ恐れている。しかし、奪う以外に元手を作る方法はない。悪に手を染めることを恐れるな。おれは手を汚す。そうだ、金を奪い、相手のからだから流れだす血で、おれは手を汚すのだ!〉

七月三十日に書き込まれた短い文章を最後に、野月さんのブログは更新されていない。ほぼ同時に、野月さんのアドレスへはメールが送れなくなった。なにか悪事を働こうとしているのではないかと、恵子おばさんは手をつくして野月さんの居場所をつきとめようとしたが、依然として行方不明のまま三週間近くがすぎてしまった。

それが二学期が始まる直前におれが札幌に戻ったときの状況だった。その後、恵子おばさんは警察に捜索願を出そうとしたが、身内でも後見人でもないからと断られた。行方不明になっているのは孤児で、親も兄弟もいない。あたしは親がわりとして三年も寝食をともにしてきたのだからと訴えても受け入れられず、おばさんもいったんは引き下がった。もちろん、おばさんが諦めるはずがない。すぐさま、あの手この手をつくして、各方面から働きかけた結果、野月さんの捜索願は受理された。しかし、十月半ばをすぎた今も、野月さんに関する情報は届いていなかった。

野月さんの行方不明は、中林さんの万引きやありさの父親の件とは性質がちがってい た。それは魴鮄舎の存在と恵子おばさんの活動を根本から揺るがしかねないという意味で、石井さんが「もっとも厄介な問題」だと言ったとおりの事件だった。

「おれは、振り込め詐欺だと思うね。でも、あれはあれで銀行に口座を開いたり、ターゲットの情報を集めたりって、結構準備が難しいはずなんだよ。野月はそこそこ利口そうだけど、度胸はからっきしみたいだから、ひとりじゃできなくて、組織に入ってパシリになってるんじゃねえの。しかも電話でだます役じゃなくて、コンビニのキャッシュコーナーで振り込まれた金をおろす役のヤツな。だから一千万円なんて夢のまた夢で、命があるうちにパクられたら超ラッキーってところさ」

卓也の野月さんへの見方はどこまでもシビアで、おれは早々にこの件について話し合うのを諦めた。それに卓也は二学期からバレーボール部に入っていた。おれたちの担任で、バレー部の顧問でもある山野先生にくどかれての入部だが、あんなにチームプレーを嫌がっていたのに、とおれはすぐには信じられなかった。しかし、考えてみれば、あれだけの体格と運動神経をもちぐされにしておくほうがもったいない。

もっとも卓也とおれは恵子おばさんが不在がちの魴鮄舎を切りまわすことでは協力していたし、二学期の中間テストにむけた勉強も一緒にしていた。そのためなかなか魴鮄舎を空けられず、それでも今日こそはと意を決して、おれは東京から札幌に戻ったとき以来、約二ヵ月ぶりに石井さんのマンションを訪ねた。

「やあ、いろいろと大変だなあ。手助けに行きたかったんだけど、こっちも学校が忙しくてさ」

「大丈夫です。卓也ががんばって、どうにかなってるんで」

「だって、あいつは家事なんてできないだろ」

「料理も買物も全然する気がないし、掃除だって大嫌いなんで、とにかくボランティアを呼ぶんですよ。おばさんのところにあったリストに片っ端から電話をかけて。あいつ、見かけによらず口がうまくて、そばで聞いていると感心しますよ」

「なるほどねえ。卓也もやるもんだな」

「ありさの親父《おやじ》も、あれきり音沙汰《おとさた》なしなんで、油断しちゃいけないんですけど、まあひと安心ってかんじです」

「面さんも、落ちついてるのかい?」

「二学期の中間テストが思いのほかよかったし、このごに及んで万引きで高校進学を棒に振るわけにはいかないでしょう」

あいさつがてら、みんなの近況を伝えてから、おれはこたつに足を入れた。魴鮄舎の暖房はスチームなので、天井近くのパイプに洗濯物をさげておけば勝手に乾いてくれるのが便利だったが、落ちつくのはやっぱりこたつだ。

「ところで、陽介のおかあさんは元気なのかい？」

石井さんが急須から湯のみにお茶をそそぐと玄米茶の薫りが立ちのぼり、おれは奄美大島で波子さんがいれてくれたおいしいお茶を思い出した。

「おい、どうした？」

「いや、あの、母は介護の仕事に復帰してぼちぼち一ヵ月になるんですけど、どうにかやってるみたいです。ただ、看ているおばあさんがだいぶ具合が悪くなってきていて、それがつらいって」

「なんだかんだいっても恵子の妹だからなあ。いざとなれば強いだろうさ」

「血は争えないってことなんでしょうね。父への面会も、八月のすえに行ったきりでしばらくは行くつもりがないみたいだし、おととい久しぶりに手紙が届いて、おとうさんには悪いけど、この頃すっかりふっきれてきたって書いてあって、あせっちゃいましたよ」

おれがそう言うと、石井さんがお茶を気管に入れて、思いきりむせた。

「すみません、変なことを言っちゃって」

「いや、本当に女は強いな」

「親父は、二年間は塀のなかなんだし、おふくろもある意味気持ちの整理がつけやすいんだと思うんですよね」

そう答えながら、きっと出所してからが大変なのだろうと思いついて、おれはもれかけたため息をのみこんだ。

〈陽介へ　手紙をもらったままひと月近くも返事を送らず、申し訳なかった。考えてみれば、きみから手紙をもらうのも、僕から書くのも初めてだ。きみの手紙はくりかえし読んでいる。あんまり何度も封筒から出し入れをしたので、便箋の折り目がすりきれて、看守さんに頼んでセロハンテープで裏打ちをしてもらった。かあさんにも、きみにも、取り返しのつかない迷惑をかけてしまった。本当にすまない。本当に愚かだった。今は、これだけしか書けない〉

文面からは父の誠実さが伝わってきたが、おれは一度読んだきり読み返す気がせず、机の引き出しに押し込んだままだった。

二年後に父が出所してきたとき、おれは高校一年生になっている。けっこうすぐだなと思うのと同時に、そのときには魴鮄舎を出て、札幌市内にある別の施設に入っているのだと思いあたった。母はきっと、銀行にお金を返してしまうまでは泊まり込みでの介護の仕事をつづけるだろう。そうした状況で父が出所した場合、おれは施設を出て、父と暮すことになるのだろうか。

おれは高校生活もこのまま札幌で送るつもりだし、大学も奨学金の助けを借りながらなんとか自力で卒業してみせるから、父はどこか遠くでひっそり生きていってほしい。札幌に来たばかりの頃は、いつかまた家族全員で暮したいと心から願っていたのだから、変われば変わるものだと驚きながら、おれは石井さんに、野月さんはどうしてここまで追い込まれてしまったのかをたずねた。

「陽介はさ、おとうさんのことで、思いがけない不幸というか災難にあったわけだけど、それまでは十分以上にきちんと育てられてきただろう。卓也だって、やっぱりそうだと思うんだよ」

頭のなかで石井さんの言葉を反芻《はんすう》してから、おれはうなずいた。

「卓也にさ、親父さんはどんな人だったってきいたことがあるんだ。そうしたら、今のあいつよりはいくらか小柄だけど、学生時代にアメフトをやってたから、がっしりした体格で、気持ちが強くて、男は妻と子供を守ってやらなくちゃいけないってのが口ぐせだったって。だから、おかあさんに罵られたり、叩《たた》かれたりしているときも、ずっとおとうさんの教えを思い出していたんだってさ」

卓也にとっては交通事故で亡くなった養父がただひとりの親であり、その父親に対して恥ずかしくない人間であろうとする強い気持ちが、今でも卓也を支えているのだ。それと、恵まれた体格も一役買っているのはまちがいない。おれだって、わずか一年数ヵ月とはいえ、開聖学園に在籍していたというプライドにどれだけ助けられているかわからなかった。

「つまり基礎ができてたわけでさ。恵子の助けがあったにしても、家族がばらばらになったショックでつぶれちゃわなかったのは、それまでにつちかわれてきた力のおかげだっていうのはわかるよな。おまけに波子ちゃんとまで仲よくなりやがって」

図星を指されて、おれは顔がほてった。波子さんだけでなく、恵子おばさんや石井さんや卓也や健司や勝やありさや奈津や和田さんや梅本さんや後藤善男さんがいてくれたおかげで、とつぎつぎ名前が浮かんできて、そのうちの誰かひとりでも欠けていたら、こんなに早く立ち直れていなかったにちがいないと、おれは自分の幸運に感謝した。

卓也にしても、奄美大島から札幌に戻って、鮪鯡舎ＯＢの野月さんが行方不明になっていると知ったときは、そうとう心配したという。ただし野月さんのブログ日記《真・

HOBO宣言》を読むにつれて、卓也はすっかりあきれてしまった。とりわけ、ほかの五人に合わせて高校のランクを落としたことが許せなかったらしい。

「こいつは単なる卑怯者《ひきようもの》ですよ。自分より弱いヤツらを助けるふりを装いながら世のなかとの勝負を避けるって、一番汚いやり口だよなあ」と、卓也は石井さんにむかって言ったという。厳しいが、的を射た批評でもあり、石井さんも反論ができなかった。

しかし卓也にとっては、野月さんがいつまでも生みの親にこだわっていることこそが許せなかったにちがいない。そうはいっても、養父だけは信頼できた卓也に対して、野月さんには誰ひとり親の名に値する大人がいなかった。

だから野月さんにとっては、魴鮄舎が人生で初めて安心して身を寄せられる場所だったのだ。そして恵子おばさんはそれだけの信頼に値する大人だった。同じ歳《とし》の仲間たちと一から共同生活を作り上げていくのはさぞかし楽しかっただろう。恵子おばさんだって、野月さんがいたからこそ、手探りで始めたグループホームの運営をなんとか軌道に乗せることができたのではないだろうか。

「だからさ、いっぺん恵子に言ったんだよ。どうせ自分ひとりでやってるんだし、中学生のうちだけなんて制約はとっぱらっちゃって、野月たちが高校を卒業するまでおいてやれよって」

しかし、恵子おばさんは首をたてにふらなかった。少人数で六年も一緒に生活していると、影響力の強い者がまわりをしたがえてしまうし、こちらにも甘えが生まれる。それなら三年と期間を定めて、そのあいだに鍛えられるだけ鍛えるほうがいい。

たしかに野月さんが今も魴鮄舎にいたら、さぞかしうっとうしいだろう。その意味で恵子おばさんの考え方はまちがっていないし、野月さんも魴鮄舎の初代卒業生として、高校から社会人へと、力強くはばたいていく自分の姿を想像していたはずだ。ところが野月さんは教師を殴って高校を中退し、それをきっかけにすっかり歯車を狂わせてしまった。

卓也が見抜いたように、野月さんには独特の弱さがある気がする。その弱さがつまらない意地を生み、恵子おばさんへのさかうらみとなって爆発した。愚かといえば、救いようもなく愚かだが、派遣切りやリストラで何万人もの労働者がとつぜん職を失う昨今の情勢では、卓也やおれだって、何年後かに野月さんと似たような自暴自棄におちいらないとは言い切れなかった。

「野月の件で一番苦しんでるのは恵子なんだし、おれたちにできるのは、野月の無事を祈ることだけだよ」

石井さんのことばを思い返しつつ魴鮄舎にむかって歩きながら、おれは後藤善男さんのことを考えていた。

後藤さんは、めんどうを見ているお婆さんたちのことを「婆《ばば》あども」と呼んではばからなかったが、その口調には罵倒と親しみが混ぜ合わさった独特の温かみがあったし、なによりそう呼ばれるお婆さんたちのうれしそうな表情が印象的だった。

　グループホーム八方園で暮す六人のお婆さんたちは全員が八十歳を超えていることもあって、基本的に眠りが浅く、そろって便秘がちのために、毎夜誰かしらが腹痛を訴える。物音で目を覚まし、おれがドアの隙間から廊下をのぞくと、後藤さんがお婆さんの脇を支えてトイレに入れていることがよくあった。

　ある日、リビングで後藤さんと二人きりになったときに、「毎晩大変ですね」とおれが言うと、後藤さんのつりあがった大きな目がさらに大きく見開かれた。

「なあ、陽介」

　張りのある低音で呼ばれて、おれの全身に震えが走った。

「おまえが言うとおり、てめえの腹の調子しか頭にない婆あどもの相手をするのは実に厄介だ。ヤツらのクソはやたらとくせえしな。でもなあ、しょせんは婆あどもがくたばるまでのことで、高が知れてるんだよ。ヤツらはここ以外に行き場はないんだし、人生は九分九厘終わってるからな。ところが恵子の相手は中坊たちだ。しかも、そろいもそろってわけありときていやがる。そんなヤツらにつきあって、おまけに行方まで見届けてやろうってんだから、恵子のほうがよっぽど大変だろうさ」

思いがけず、後藤さんの口から恵子おばさんの名前が出て、おれは後藤さんの顔を見つめ返した。

「なんだ。文句があるなら言ってみな」

「なんでもありません」

あわてて首をふるなりまわれ右をすると、おれは階段をかけあがって二階の部屋に入った。そして、このことを恵子おばさんに伝えたらどんな反応をするだろうと想像したが、実際にはとても言えないのもわかっていた。


初雪は十一月一日だった。

午前八時頃に降りだした雪はまもなく雨に変わり、そのまま降ったりやんだりをくりかえすうちにまた雪へと変わって、札幌の街は一面の銀世界になった。

小さい頃から家族で湯沢《ゆざわ》や草津《くさつ》のスキー場に行っていたが、いつも暮している場所がこれほどの雪におおわれたことはなかった。

「どうせすぐにとけちゃうよ。根雪になるのは早くて年末さ」と卓也が言って、そのとおりに青空が戻ると雪は消えた。

それでも寒さは格段に厳しくなり、NHKラジオの基礎英語に合わせて朝早く起きるのがつらかった。もっとも二学期からは、食堂に集まってみんなでラジオを聴くようになっていて、外に出ないですむのはありがたかった。

恵子おばさんも十月下旬からは鲂鮄舎にいる時間が増えて、おれたちの生活はもとどおりになりつつあったが、野月さんの消息は依然としてわからないままだった。

十一月九日に三者面談があり、おれは恵子おばさんの同伴のもと、山野先生と中学卒業後の進路について相談した。成績についてはなんの問題もなく、札幌南高校を含め、どこでも志望する道立高校に行けそうだという。

「ただ、私立ではこうしたコースを設けているところもあるんだ」

そう言って、山野先生は数種類のパンフレットを机に並べた。

「どこも、内容は似たり寄ったりなんだけど」と前置きしての説明によると、一部の私立高校では成績優秀者を特待生として厚遇し、入学金や授業料を免除している。目的は有名大学への合格者を増やすためで、無償の奨学金を出したり、寮のある学校では寮費を含めた諸費用のすべてを免除しているところもある。ただし素行が乱れたり、成績が下がると特待生としての特典を剝脱《はくだつ》されてしまうが、高見ならそうした心配はないだろう。

「おせっかいかもしれないけど、進路のひとつとして頭に入れておくといいと思うんだ」

恵子おばさんが同席しているせいもあるのだろうが、山野先生はしごくまじめな顔つきで説明をしてくれた。

面談を終えて廊下に出ると卓也がいて、「すぐに終わるから、一緒に帰ろうぜ」と言って、おれと入れかわりに教室に入っていった。

ドアの前にいては話が聞こえてしまいそうで、おれは隣の音楽室の前に移った。山野先生からもらった十冊のパンフレットはどれもお金がかかっているうえにうたい文句が大げさだった。特待生としての援助を受けるのと引きかえに、学校の評判を上げるために、有名大学への合格をめざすのかと思うと気がめいったが、大学受験のための環境が整うのは魅力だった。

魴鮄舎では、高校受験にむけてみんなと一緒に勉強する意味があるが、児童養護施設から大学進学をめざす者はそれほどいないかもしれない。札幌市内の施設はどこも定員オーバーだというし、それなら特待生として私立高校の寮に入ってしまうほうが、誰にとっても好都合なのではないか。

「よう、お待たせ」と卓也に呼ばれて、おれはふりかえった。「おばさんは、このあと三組で健司の面談があるから、先に帰ってろってさ」

授業を午前中で切り上げての三者面談で、部活もすべて休みとあって、おれは久しぶりに卓也と一緒に校門を出た。外が明るいうちに帰れるのも久しぶりだった。おれたちは、どちらから言い出すともなく北大にむかい、北13条門からキャンパスに入ると、すっかり葉の落ちたイチョウ並木をメインストリートにむかって歩いていった。

夏休みの終わりに札幌に戻ってから、おれはちょくちょく北大キャンパスを散歩するようになった。きっかけは波子さんからの手紙だった。彼女は小五のときに家族旅行で北海道を訪れていて、それ以来北大にあこがれているると書いてあるのを読むと、おれはすぐさま北大にむかった。開聖学園に合格したばかりの頃に、クラスメイトと東大の本郷《ほんごう》キャンパスを見学に行ったときは、歴史ある建物の存在感と敷地の広さに驚いたが、東大と比べても北大の広さは圧倒的だった。栄北中→札幌南高校→北大というコースですんなり合格できればいいが、万が一にも浪人できないことを考えれば、私立高校の特待生になっておくほうが確実だろう。しかし、それはつまり、魴鮄舎を出たあとは、卓也と別れることを意味していた。

「なあ、陽介」と呼ばれても、おれは卓也の顔を見られなかった。「おばさん、ずいぶんやせたよなあ」

見当ちがいの話題で助かったが、このところ恵子おばさんが目に見えてやせたのはまちがいなかった。

「ろくに食べないで、タバコばっかり吸ってるだろ。タバコをやめて、浮いたお金で新しいコートでも買えばいいんだよ」

卓也が嘆くのももっともで、恵子おばさんの上着は、今日も着てきたダウンのコート一着だけだった。物は悪くないが、いかんせんぼろぼろで、そこいらに置いてあったら、ゴミだと思われて捨てられかねない。母は冬用のコートを何着も持っていたはずだから、頼んで送ってもらおうと思いついたそばから、もしかするとすでにお金にかえられてしまったかもしれないことに気づいて、おれは黙り込んだ。

「まったく、野月の野郎はどこでなにをしてやがんだよなあ」と吐き捨てると、卓也は目の前のイチョウの木に蹴りを入れた。靴底をむけての強烈な一撃で、幹の太さはひとかかえ以上、高さ七、八メートルの大木が揺れて、ただし反動で卓也もはじき飛ばされた。

「なにやってんだよ」

「うるせえなあ」

卓也も自分の蹴りの威力に驚いたようで、おれたちはイチョウ並木をはずれて文系校舎の芝生《ローン》に入った。

野月さんが消息不明のままでいることについて、おれたちは三つの可能性を考えていた。

ひとつめは、振り込め詐欺をくりかえして順調に資金を貯《た》めている。二つめは、詐欺グループ内でなにかしくじりをして、どこかに監禁されている。この場合は、最悪の可能性も考えなければならなかった。三つめとして、いざとなると振り込め詐欺などできず、どこかで地道に働いているという可能性もあったが、それならメールがつながるか、ブログ日記が書き継がれるはずだった。

「健司は農業高校に行くってさ。どこの学校でも寮があるし、あいつならきっとやっていけるよ。ありさと奈津も、そんなことを考えてるみたいだなあ」

大股で歩きながら、卓也はつぎつぎ話題を変えた。おれは卓也の進路こそ知りたかったが、卓也はこれまで一度もそれに類する話をしようとしなかった。バレー部ではすでにエースだというし、卓也自身もそうとうやる気をみせているが、本気でアスリートをめざすところまではまだきていないように見える。

話しぶりからすると、健司のように農業高校に進むつもりはないのだろう。ただし、奄美大島でおぼえてきたナイフ研《と》ぎにはこだわりがあるようで、卓也はよく調理場で砥《と》石《いし》にむかっていた。豚を解体するためのナイフは普通の包丁とまるでちがう形をしていて、ナイフを研ぐ卓也の後ろ姿を見ているだけで大島食肉センターでの光景が目に浮かび、おれは胸がざわついた。

いつの間にか、おれたちはクラーク像の前に来ていた。右手を差し伸ばしたポーズの全身像は羊ケ丘《ひつじがおか》展望台に建っているもので、北大構内にあるのはクラーク博士の胸像だった。

「ボーイズ・ビー・アンビシャスか」と卓也がつぶやき、飛び上がってクラーク博士の頭をなでた。

「おれも、明日から早起きして、一緒にラジオを聴くかなあ」

唐突な宣言にうまくあいづちが打てずにいると、卓也は空を見あげた。このところ雪は降らず、それどころか東京と変わらないような暖かい日がつづいていた。

「北海道は好きだけど、やっぱりもう日本はいいや」

石井さんから聞いた話で、卓也の養父がアメリカで育ったことを思い出し、おれは台座の上のブロンズ像を見つめた。クラーク博士はアメリカから北海道大学の前身である札幌農学校に招かれて、そこから内村鑑三《うちむらかんぞう》や新渡戸稲造《にとべいなぞう》をはじめとする幾多の俊英が育っていった。その博士の姿に、卓也は遠いアメリカを感じているのかもしれなかった。

「陽介」

卓也の声が響いて、おれは我に返った。

「実は、石井さんに黙っててもらったことがあってさあ」

午後三時すぎで、早くも日が暮れかけたキャンパスを北にむかって戻りながら卓也が話したのは、養父の遺産についてだった。

コンサルタント会社の顧問弁護士でもあった亡養父の友人が管理してくれていて、必要な場合は適宜引き出せるようになっている。卓也名義の定期預金と学資保険を合わせると一千五百万円前後だと言われていて、大金ではあるが、冷静に考えればそれほど多いわけでもない。使い道はよくよく考えなければならないが、できれば中学卒業後はアメリカに留学したいと思っていて、受け入れ先を探してもらっている。

「そんなこんなだから、とにかく野月の野郎のブログを読むのが嫌でさあ」

そう言われて、おれはようやく卓也の態度が腑《ふ》に落ちた。卓也にしてみれば、金のあるなしにこだわる野月さんから揶揄《やゆ》されているような気がしたのだろう。しかし、おれがなによりも驚いたのは、卓也が将来への明確な展望を持っていることだった。しかもアメリカに行くというのだから、おれはすっかり先を越された気持ちで、いつもよりさらに大きく感じられる卓也を見あげた。

「おれだって、野月先輩の無事を祈ってるんだぜ」とも卓也は言って、おれたちは街灯のともった街を歩いて鲂鮄舎に帰った。

まさか鲂鮄舎で暮す後輩たちの気持ちがまとまるのを待っていたわけではないだろうが、野月さんを保護したと警察から連絡があったのは、その日の午後七時すぎだった。

二年生五人の三者面談をまとめてすませた恵子おばさんがへとへとになりながらチキンカレーを作り、おれたちが手分けをしてサラダを作ったり箸や皿を並べているときに電話が鳴って、部屋の隅でひとりだけぼんやりしていた卓也が舌打ちをしながら受話器を取った。

「はい、鲂鮄舎。そうです。えっ、わかりました。今、本人に代わります。おばさん、野月さんが見つかったって」

大声で呼ばれて、エプロン姿の恵子おばさんが食堂に飛び込んできた。

「はい、はい、そうですか」

そんな返答ばかりが五分以上もつづいたあと、

「わかりました。ありがとうございます。明日になるかと思いますが、あたしが必ずうかがいますので。あの、そちらの住所と電話番号を……」

そう言いながらおばさんが右手を伸ばして、おれはメモ用紙とボールペンを手わたした。

「神奈川県川崎市……」

おれたちに聞かせるためでもないだろうが、おばさんは先方の言葉を復唱しながらメモを取ったので、野月さんが神奈川県で保護されたことはわかった。しかし受話器を置くなり、恵子おばさんはその場にすわりこんでしまい、おれたちは早く事情を知りたくて、おばさんのまわりを囲んだ。

「水をちょうだい」と、食堂の壁に背中をもたせた恵子おばさんは精根つきはてた声で言い、卓也が差し出したコップを受け取った。

「よかった。でも、なんてバカなんだろう」

そうつぶやくと、恵子おばさんは両手でコップを持ったまままむせび泣いた。

卓也が当てずっぽうで予想したとおり、野月さんは振り込め詐欺グループの手下になっていた。振り込まれた現金を引き出す役目までそのとおりで、唯一の救いは目的のコンビニにむかう途中に、たまたま通りかかったパトロール中の警察官に助けを求めて犯行を自供したことだった。

初めての実行役とあって、野月さんには監視がついていたのだろう。警察官たちが近くのアジトにむかったときにはすでにもぬけの殻だった。ただし、野月さんが所持していたキャッシュカードの口座には七十万円が振り込まれており、実際に振り込め詐欺がおこなわれていたのはまちがいないと思われる。引きつづき取り調べの必要があるため、逮捕状を請求したところ、そちらから捜索願が出されていることがわかった。野月に知らせると涙を流し、連絡を取ってほしいと言ったので電話をかけた、というものだった。

恵子おばさんは泣きはらした顔でおれたちに事情を説明すると、「水をもう一杯と、タバコをちょうだい」と卓也に言った。

「さあ、あんたたちはご飯にしなさい。あたしは一服してから、あちこちに電話をしなくちゃいけないからね」

ことばは勇ましかったが、床にすわったままの恵子おばさんの顔色は青く、指が震えてなかなかライターに火をつけられなかった。

「なにやってんだよ。ほら、貸してみな」と卓也が伸ばした右手を避《よ》けるようにして、恵子おばさんは床に倒れた。苦しげに顔をしかめ、声も出せずに震えている。

「おい、救急車だ。陽介、早く、救急車を呼べよ」

そう言われてもおれは一歩も動けず、おばさんのかたわらにすわりこんだ。

「バカ、なにやってんだよ。おい、面さん。一一九番に早くかけろ」

卓也が叫んだとき、おばさんの背中が大きく揺れたかと思うと口から大量の血液がこぼれ出て、女子が悲鳴をあげた。


救急車は五分ほどで到着したが、それまでの時間は無限に長く感じられた。

恵子おばさんは北大医学部附属病院に運ばれて胃潰瘍《いかいよう》と診断された。かなりの重症だが、最近は新薬が開発されており、投薬による治療で治していこうと思う。ただし栄養状態がきわめて悪く、衰弱がはなはだしいので、最低でも十日から二週間は入院して治療と療養につとめてもらいたい。さもないと将来胃がんを引きおこす危険性がある。医師にそう告げられて、恵子おばさんも観念したのだろう。卓也からの電話を受けて病院にかけつけた石井さんに、「あの子たちを頼みます」と頭をさげたという。

「それで、どうしたもんかって考えたんだけど、野月のことは上杉弁護士経由で筒井法律事務所にお願いしたし、寝たきりのおばあちゃんもしばらくは介護施設であずかってもらう算段がついたからいいとして、問題はおまえたちでさ」

恵子おばさんを見舞った帰りに魴鮄舎に立ちよった石井さんは、なぜかおれだけを食堂に呼んで現在の状況を説明してくれたが、つぎのひとことでその理由がわかった。

「ここはいきがかり上、恵子の妹に頼むしかないと思うんだ」

「はあ」

気の抜けた返事をしながらも、おれは内心動揺しまくっていた。たしかにそれ以外に手立てはない気もするが、児童養護施設のなかに一組だけ実の母子がいるというのはあまりにもみっともないではないか。なによりおれは、卓也をはじめとする魴鮄舎のみんなに母と二人でいるところを見られたくなかった。ここは、家族と離れ離れになったものたちだけが集まっている場所なのだから……。

「おれが話してもいいんだけど、会ったことがないわけだし、やっぱり恵子の甥であり、実の息子であるおまえからお願いするほうがいいと思うんだよ」

真面目な顔でそう言うと、石井さんはおれに携帯電話を差し出した。

「誰かが住み込みでめんどうを見てくれないことには魴鮄舎がまわっていかないってことを、よくよくアピールしてさ」

「それはわかりましたけど、母は介護の仕事についていて、かわりがいるかどうかわからないし、それに今は電話に出られない場所にいるかもしれないですよ」と予防線を張りながらも、おれは母が二つ返事で引き受ける気がした。

電話はワンコールでつながった。母に近況をたずねると、介護していたおばあさんが一週間前に亡くなったという。通夜と葬儀にも参列して、少しくたびれたのでもう二、三日休むつもりでいたが、次のお宅から早く来てもらえないかと催促があって、明日面談に行く予定でいる。

「でも、どうしてそんなことをきくの?」と電話のむこうの母に不審がられて、おれは石井さんにあとを託した。

結論からいえば、母は翌日の夕方にスーツケースを提げて魴鮄舎にあらわれると、そのまま食事のしたくにとりかかった。

鶏の唐揚げとチーズ入りオムレツとホウレン草の胡麻《ごま》よごし、それにジャガイモとワカメのお味噌汁という献立は、恵子おばさんの一品料理に慣れた魴鮄舎の中学生たちを驚喜させた。すっぴんに口紅を引いただけで、おばさんと瓜二《うりふた》つの母に驚いたのはおれくらいで、卓也を含めたほかの連中は、姉妹なのだから似ているのは当然だと思っているようだった。

母はすぐに魴鮄舎になじみ、「ほうおばさん」と呼ばれた。「やさしいほうのおばさん」が縮まって「ほうおばさん」というのは、勝たち一年生がつけた呼び名だった。「ほうおばさん、晩ご飯はなに?」と質問するのが、学校から帰ったときの一年生たちの口ぐせになって、「豚肉の生姜《しょうが》焼きとお味噌汁に牛乳プリンですよ」などと言われると、うれしさをおさえきれずに飛び跳ねたりする。

いつの間にレシピを増やしたのか、家では作らなかった料理がいくつもあって、おれはひそかにやきもちを妬《や》いていた。母はおれに学校での様子をたずねてくることもあったが、そうしたときの他人行儀な態度もおれには不満だった。しかし、おれ以外のみんなは「ほうおばさん」を慕っていた。

一方、恵子おばさんの回復は遅れていた。野月さんの無事がわかって安心したせいで、積年の疲労が一気にあふれ出たのだろう。新薬を投与していてもなかなか出血が止まらず、微熱もつづいて、退院の予定は延び延びになっていた。

見舞いなんていらないし、同室の人たちに迷惑だからと言われていたが、洗濯物の受けわたしがあるので、おれたちは順番を決めて毎日二人ずつ恵子おばさんを見舞った。

二度目に卓也と行ったときには、野月さんの同期だという五人の魴鮄舎ＯＢが見舞いに来ていた。せっかくなので帰りしなに談話室で話すことになり、おれは思いきって高校卒業後の進路をたずねた。介護関係の専門学校にいるのが中野《なかの》さんと遠藤《えんどう》さん。松井《まつい》さんと緒方《おがた》さんは建設会社で働いていて、金子《かねこ》さんは理容師をめざしているという。五人ともやせぎすだし、目つきにはとがったところもあるが、誰の顔にも将来を見据えた覚悟が感じられて、おれは気がつくと、「先輩たちは」と呼びかけていた。

恵子おばさんと同様に、野月さんの釈放も遅れていた。前科はなく、犯行直前に警官に助けを求め、捜査にも協力していることを考慮すれば起訴猶予が相当だというのが弁護士の意見だったが、勾留《こうりゅう》が二度延長されたことから、起訴の可能性も生じていた。

誰もが心配するなか、野月さんは逮捕から三週間後に釈放された。

魴鮄舎には梅本さんから連絡があり、午後六時すぎに電話を受けたおれは、そのまま恵子おばさんのもとに走った。

「よし、あたしが迎えにいく」

そう言うなりベッドから飛び降りたものの、急な動きにからだがついていかず、おばさんは貧血をおこしてその場にすわりこんだ。

同室のひとがナースコールをしてくれて、再びベッドに寝かされても諦めがつかず、恵子おばさんは看護師に今すぐ退院させてくれと訴えたが、まるで相手にされなかった。

札幌に戻った野月さんは、二十四軒のマンションで石井さんと同居を始めた。ただし、おれたちとの顔合わせは恵子おばさんが一緒のときのほうがいいだろうとなって、おばさんが退院する十二月五日の晩に、諸々の件をまとめてパーティーを開くことになった。

母は数日前からしたくを始めて、ありさや奈津と一緒に料理に励んでいた。そこに一年生の女子四人も加わり、調理場から夜毎《よごと》に楽しげな声が聞こえてくるのをいまいましく思いながら、おれは面さんたち三年生の受験勉強を助けていた。

パーティーには、鲂鮄舎OB&OGの十四人全員と現役鲂鮄舎生のおれたち十四人、それに石井さんと恵子おばさんと母、さらには車椅子に乗ったおばあちゃんという計三十二名が集まって、食堂は人でぎっしり埋まった。立食式にすれば全員入れるというのが母のアイディアで、料理は壁ぎわに並べたテーブルに置かれていた。

できることなら波子さんにもこの場に参加してほしかったし、おれはダメもとで何度もはがきにそう書こうとした。そのくせパーティーがおこなわれることさえ書かなかったのはなぜかといえば、おれたちがすき好んで鲂鮄舎で生活しているわけではないからだ。恵子おばさんは最高だし、卓也も健司もありさも奈津もかけがえのない友達だけど、本当は誰だって親と暮らしたいはずだ。でも親とは暮らせないから、おれたちは一緒にいる。波子さんのことは大好きだが、おれの一番近くにいるのは鲂鮄舎の仲間たちだ。

「みなさん。今日はお集まりいただき、ありがとう。この会の名目は後藤恵子の快気祝いだけれど、恵子と関わりのある参加者全員の快気を祝う場になればと思っています」

短い開会の辞に続き、石井さんが「乾杯！」と言ってグラスをかざすと、みんなは料理に殺到した。

焼きそば、チャーハン、おむすび、シューマイ、春巻、唐揚げ、コロッケ。どれも大皿に山盛りだったが、十五分後にはすべてが空になった。

「せっかくのおいしい料理なんだから、もっと味わって食べるもんだよ」

そう言いながら恵子おばさんが食堂の中央に進み出ると、それまでてんでんバラバラに立っていたみんながいっせいにそちらをむいた。

「おい、すわれよ」

誰かの声にしたがい、恵子おばさんを囲む輪が幾重にもできて、おれたちは膝《ひざ》を抱えて肩を寄せあった。

「野月、ここにおいで」

おばさんに呼ばれて、黒いトレーナーを着た男子が進み出た。三週間ものあいだ取り調べを受けていたせいもあるのだろうが、野月さんの表情には怯えが刻みつけられていた。おばさんの横に立っても野月さんは下をむいたままで、その意気消沈した様子に、おれは父の姿を垣間《かいま》見《み》る気がした。

「ご存じのとおり、今回野月が大変なことをしでかして、みなさんに心配をかけてしまいました」

そう言って話の口火を切ると、恵子おばさんは最近のぎすぎすした世相についてひとしきり批判を展開した。

「でもね、本当に言いたいのは、そんなことじゃあない」小声でつぶやき、恵子おばさんは顔を上げて胸を張った。

「あたしは、芝居をやることにした」

唐突な宣言に誰もが耳を疑っていると、おばさんはさっきよりもさらに決然と言い放った。

「芝居をやる。また劇団をつくるからね」

恵子おばさんは肩をいからせて猛烈なテンションで言い切ったが、おばさんを囲むおれたちは呆然《ぼうぜん》としたままで、拍手も歓声もあがらなかった。

「恵子、芝居をやるのはいいけど、鮒鰣舎はどうするんだよ？」

石井さんが恐る恐るたずねると、恵子おばさんは唇をへの字に曲げて、その表情は悔しさをこらえているようにも見えた。

「ここは令子に任せる。ただし、そう簡単には引き継げないから一、二年は一緒にやるけど、これから先の運営は基本的に令子に任せて、あたしは芝居に全力をそそぎたい」

「それじゃあ、恵子おばさんはもう鮒鰣舎では暮さないってこと？」と一年生の女子が声をあげた。

「今すぐじゃないけど、じょじょに離れていこうとは思ってる」

「どうしてやめちゃうの？」

「野月のせいにするわけじゃないけど、ひとの心配をするのが性に合わないってことがつくづくわかったからね。この六年、それなりにがんばってきたつもりだけど、どこかで自分にうそをついてる気がしてたんだ」

とうとう言ってしまったという顔で、おばさんは天井を見あげた。

「ちょっと、冗談じゃないわよ。なにを勝手に決めてるのよ」

立ちあがった母はものすごい剣幕で反論すると、みんなをかきわけて部屋の真んなかに進み出た。

「おねえちゃんが元気になったんだから、わたしは東京に帰るわよ」

「バカ。あんたに相談しなかったのはたしかだけど、そうするのが誰にとっても一番いいってのがわからないの？」

「わかるわけないじゃない。わかるように説明してよ」

「あたしは芝居がしたい。あんたたちには住む場所と仕事がいる。ここなら、前科のある旦那だって働けるじゃないか。おまけに陽介のそばにだっていられるし」

「誰がそんなふうにしたいって言ったのよ」

「だって、裁判所でそう言ったんだろ。どんなことがあっても家族三人で暮していきますって。それとも裁判官相手にうそをついたのかい？」

「うそなんてついてないわよ」

「じゃあ、いいじゃないか」

「よくないわよ」

「なにがよくないのさ」

「わたしたち三人がどうやって暮していくのかは、あの人が出てきてから決めることだし、だいいちおねえちゃんにどうこう言われたくないもの」

「バカ。あたしの言うとおりにしておけば、なんでもうまくいくんだよ」

「なにがうまくいくのよ。うまくいったことなんて、一度もないくせに」

「それはこっちの台詞《せりふ》だよ」

そこで聞き慣れない笑い声がしてふりかえると、部屋の隅で車椅子に乗せられたおばあちゃんが大きな口を開けて笑っていた。

「ほら、きょうだいげんかはやめろってさ」

そう言うと石井さんはおかしさをこらえきれずに笑いだし、顔を真っ赤にした姉妹がそれぞれそっぽをむいたのを合図に、おれたち全員が笑いだした。

「いい加減にしな。さもないと朝ご飯ぬきだよ」

恵子おばさんが怒鳴っても笑いはおさまらなかった。見ると野月さんも身をよじって笑っているし、そのうちに母まで笑いだし、腕組みをして最後まで抵抗していたおばさんも表情を崩した。

恵子おばさんに魴鮄舎を出ていかれては困るが、芝居はぜひとも観《み》てみたかった。誰と、どんな芝居をするつもりか知らないが、きっと若い頃よりも数段グレードアップした演技が観られるにちがいない。そのためには母にこのまま魴鮄舎にいてもらわなければならず、どうしたものだろうと考えても、結論など出るはずがなかった。

わかっているのは、ずっと仲たがいしていた恵子おばさんと母とが、みんなにはやされながら、まんざらでもなさそうな顔をしていることだった。

波子さんにも、和田さんにも、そして父にも、この場にいてほしかったが、いつかおばさんがつくる芝居を観れば、今のおれと同じ気持ちになるにちがいない。

「陽介のかあさんもなかなかやるよな。でも、やっぱり、おばさんは最高だな」と卓也が言った。

卓也と並んで恵子おばさんを見つめながら、おれもおばさんのように全力で生きたいと思った。どこでなにをするのかはわからない。というか、おれはなんにだってなれる気がする。きっとおばさんだってそう思って医学部をめざし、役者になって、芝居にのめりこんだのだ。だからおれも自分がこれだと思う仕事に全力で取り組んで、その結果どれほどみじめな目にあおうとも、おばさんや卓也に胸を張れるだけの生き方をしたい。

どちらからともなく卓也とおれは肩を組んだ。左隣にはありさがいて、おれは心のなかで波子さんに謝りながらありさの肩に手をまわした。すると次々に肩が組まれて、そのまま右へ左へとからだが揺れた。

母と野月さんはいつの間にかみんなに紛れこみ、輪の中央には恵子おばさんだけが立っていた。

「がんばれ、おばさん！」

卓也が声援を送ると、恵子おばさんは背筋を伸ばし、両腕を広げて、その腕を静かに降ろしながら深々と頭をさげた。

「よっ、恵子」

石井さんのかけ声が響くと、つづいて拍手がわきおこり、鳴りやまない拍手のなか、おれは大きな声でエールを送った。

がんばれ、おれのおばさん！

解説――バリアを脱ぐ――

中江有里

幼い頃、自分のことを「○○ちゃん」と名前で称していた。周囲から呼びかけられる呼称をそのまま真似していただけで、小学校ではほとんど使わなかったけど、家や親しい人の前ではずっと自分を「○○ちゃん」と呼称していた。

小学生のある時期、親戚たちが集まった席でいつもどおり「昨日○○ちゃん、学校でこんなことがあった」と自分の話をしていると、日頃優しい伯母が厳しい声で言った。

「いい加減に自分を『○○ちゃん』と呼ぶのはやめなさい。『わたし』と言いなさい」

いつまでも子どもっぽい、と伯母は付け加えた。そう言われた途端、これまでの自分がいかに子どもじみた口調であったか（子どもだから当たり前なのだが）ショックを受け、自分の子どもっぽさを恥じた。それ以来、家でも一人称は「わたし」と決めた。

「わたし」と一人称を定めた当初は、自分自身を外側から「わたし」と呼びかけているような、変な気分だった。

『おれのおばさん』の冒頭で、高見陽介が一人称について語っているが、まっさきに思い出したのが、このことだった。彼は中学生であっても、社会的にはまだ守られるべき子どもだ。かつて陽介が使っていた「ぼく」とは、彼を柔らかく、丸く包み込むバリアのようなものかもしれない。そして「おれ」とは、硬質で、いくつもの面を持った（たとえるなら複雑なルービックキューブのような）いびつな塊。世間の荒波を越えていくのに、「ぼく」のバリアではヤワすぎて、すぐに壊れてしまう。ゴツゴツとし岩を乗り越えられる「おれ」のような硬いバリアが必要なのだ。学校も社会も岩だらけの世界。陽介の住まいである施設も厳しい社会の縮図みたいなものなのだから。陽介が一人称を変えたのは、勝手ながらそういう理由だと思っている。

再び自分のことだが、学校の作文の授業では最初から「わたし」という一人称を使って書いていた。たとえば作文で「わたしは公園に行きました」と書くと、別の誰かが公園に行く様子を見て書いているようだった。作文に記した「わたし」は、強いて言うなら人形を使ったままごと遊びをする時の「人形」に近い。「人形」は確かに自分の意思で動かし、時には自分で考えたセリフを与えているはずなのに、自分からどんどん離れて、自分とはまるで違う人格を持っていくみたいだった。

冒頭から自分の話ばかりで恐縮だが、『おれのおばさん』を読むと、忘れかかっていた記憶が急に呼び戻されて、ふいにページをめくる手が止まってしまう。冒頭の一人称問題だけでも、ぐっとこみ上げるものがあって、繰り返し読むたびに「おれ」と称するようになった陽介の覚悟が胸に迫ってくるのだ。

とにかくこの陽介というキャラクターはただならない。東大合格者数ナンバーワンの名門開聖学園中等部二年生。エリート街道を邁進《まいしん》するはずが、ある日大手都市銀行員だった父親が横領の罪で逮捕され、一家離散。父親の逮捕から三日目には母の姉である後藤恵子が経営する児童養護施設「魴鮄舎《ほうぼうしゃ》」に預けられることに。ここには「通常」の施設からはじき出された様々な問題を抱えた生徒たちがいる。自宅では一人部屋を与えられていた陽介だが、施設では四人部屋で寝起きしている。

しかしこれほどの環境の変化に、陽介は動じる様子を見せない。ふてぶてしさもない。むしろ従順で、それこそが「ただならないやつ」と思わせる理由だ。

単身赴任で不在の期間が長い父親と、教育熱心な専業主婦の母親の元、何不自由なく、それなりに優雅に暮らしていた環境が一変したのに、陽介の前向きさと従順さが不思議なぐらいだった。

呼称を「ぼく」から「おれ」に完全に改めた陽介は、自らの置かれた状況を嘆くのではなく、自分を客観的に見ていた。大人たちが起こした事件と決断に振り回されて、順調だったエリート街道から外れ、突然北海道に置いていかれたあとも、将来を見据えて黙々と勉強を続けている。どうも本人の意思というより、「おれ」というバリアが、陽介をただならないキャラにした理由のようだ。

立派な覚悟を感じるが、彼は自覚的にそういう覚悟を持ったのではなく、言うなればギリギリのところに追い詰められて、生存本能のようなものが働いたのでは、と思う。子どもは経験値が少ない分、いざという時は本能に従う。野生の世界でも、誰が自分に食事を与え、寝床を与えてくれるかを瞬時に嗅ぎ分けなければ、自力で餌を確保できない子どもは生きられない。しかし人間の子どもは動物とは違う。陽介が環境の激変に対して自棄にならずにいるのは、彼のために奔走する恵子おばさんや石井さん、奄美大島の和田さんたちのおかげだろう。そして彼を理不尽な環境に追いやった両親がいるからだ。

恵子おばさんたちの存在が、陽介を支えるのはわかるが、彼に重荷を背負わせた両親もまた、陽介を救う存在になりえるのが面白い。「反面教師」とするには、あまりにあさはかな罪で逮捕された父について、陽介は和田さんの娘・波子の前で告白する。

自分は、頭打ちになった出世への欲望を愛人に向けた父をかばってしまう。第一の責任は父親にあるとわかっているのに……。

「自分も将来似たようなまちがいをしでかすかもしれないって思ってるからかなあ」

大人もまた間違う。陽介はそれをわかっている。いや、施設に暮らす中でわかったのかもしれない。

児童養護施設の仲間の卓也は、二度「親」に捨てられている。子どもを産んでまもなく母親が失踪し、養育に困った父親によって施設に預けられたありさは、突然父親から引取りを希望され、困惑している。鲂鮄舎一期生の野月は、社会に受け入れられない苛《いら》立《だ》ちを施設と恵子おばさんへと向ける。恵子おばさんの後輩の石井さんは愛する妻子を失い、和田さんは長い単身赴任のせいで妻に「浮気」の誤解を受け、娘の波子との関係もギクシャクしている。

原因がはっきりしているものもあれば、そうでないものもある。大人も子どもも皆悩みや苦しみを抱えている。そういう意味では、同等なのだ。

大人は責任のない子どものために立ち回り、子どもは自分たちのために大人が奔走するのを目にする。大人が大人としてできる限りのことをやるのを見ることで、子どもは子どもとしてできることをする。子どもにとってこれこそ最高の学びではないだろうか。

そして互いを鏡のように映し出しながら、大人も子どももそれぞれに立ちはだかる困難や限界と戦っている。

母の姉恵子の生い立ちを知るとともに、陽介は母の生き様を知ることとなる。大人になってから、親から昔話を聞くことはあるが、親の生い立ちや生き様を知る中学生がどれほどいるだろうか？　そんなことは知らずとも何の問題も起こらないというのに。しかし陽介はそれを知る。そして自分という人間を客観的に見つめ直すのだ。そして父親への複雑な思いに白黒つけるのではなく、そのままにしておこうとする。それは「ぼく」という柔らかいバリアの中からは、決して見えなかった風景。それが「おれ」の心のありかたなのだろう。

物語の中盤、波子の前で「おれ」はバリアを脱いだ。調子はずれの高い声で「おれはさあ」と話しだした時、わたしは陽介と共に涙を流していた。彼は自分を必死に守ってはいたが、本当は無防備に自分をさらけ出したかったのだ、とわかった。

「ぼく」や「おれ」（ついでに「わたし」）というバリアは装着自由だ。バリアで自分を守り、そのうち安心してバリアを脱いで自分をさらけ出せる場所を見つけられたらきっと万事ＯＫなんだろう。

つまり、バリアは着るものではない。蛹《さなぎ》が蝶に成長するために自らの殻を脱ぐのと同じく、人も長く厳しい冬を越えるために バリアを装着し、時期が来れば自然に殻を脱ぐ。「ぼく」も「おれ」も「わたし」もバリアとしては、他人から見ればさほど変わらないのかもしれない。着ればいずれ脱ぐ、脱げばまた着るもの。人はあらゆるバリアを着たり脱いだりし、何度でも気持ち新たに生きなおせるのだ。

俳優の児玉清さんは、自分について話す時、よく「ぼく」と称していた。そういう時の児玉さんは、少し照れくさそうではあるけど、目を輝かせた「少年」という感じがした。大好きな本について語る時も同じ表情をしていた。

わたしがテレビ書評番組で『おれのおばさん』への賛辞を述べたあと、目をキラキラとさせ児玉さんは言った。

「ぼくもこの本、好きなんだよ」

この作品は二〇一〇年六月、集英社より刊行されました。
第二十六回坪田譲治文学賞受賞作

集英社文庫　目録（日本文学）

斎藤茂太　人間関係でヘコみそうな時の処方箋
斎藤茂太　人の心をギュッとつかむ話し方81のルール
斎藤茂太　すべてを投げ出したくなったら読む本
斎藤茂太　「断わる力」を身につける！
斎藤茂太　先のばしぐせを直すにはコツがある
斎藤茂太　落ち込まない悩まない気持ちの切りかえ術
斎藤茂太　そんなに自分を叱りなさんな 心のモヤモヤ退治法99
齋藤孝　数学力は国語力
齋藤孝　親子で伸ばす「言葉の力」
佐伯一麦　遠き山に日は落ちて
三枝洋　熱帯遊戯
早乙女貢　会津士魂一 会津藩 京へ
早乙女貢　会津士魂二 京都騒乱
早乙女貢　会津士魂三 鳥羽伏見の戦い
早乙女貢　会津士魂四 慶喜脱出
早乙女貢　会津士魂五 江戸開城
早乙女貢　会津士魂六 炎の彰義隊
早乙女貢　会津士魂七 会津を救え
早乙女貢　会津士魂八 風雲北へ
早乙女貢　会津士魂九 二本松少年隊
早乙女貢　会津士魂十 越後の戦火
早乙女貢　会津士魂十一 北越戦争
早乙女貢　会津士魂十二 白虎隊の悲歌
早乙女貢　会津士魂十三 鶴ヶ城落つ
早乙女貢　続会津士魂一 艦隊蝦夷へ
早乙女貢　続会津士魂二 幻の共和国
早乙女貢　続会津士魂三 斗南への道
早乙女貢　続会津士魂四 不毛の大地
早乙女貢　続会津士魂五 開牧に賭ける
早乙女貢　続会津士魂六 反逆への序曲
早乙女貢　続会津士魂七 会津抜刀隊
早乙女貢　続会津士魂八 甦る山河
早乙女貢　わが師山本周五郎
早乙女貢　竜馬を斬った男
酒井順子　トイレは小説より奇なり
酒井順子　モノ欲しい女
酒井順子　世渡り作法術
酒井順子　自意識過剰！
酒井順子　おばさん未満
酒井順子　紫式部の欲望
坂口安吾　堕落論
坂口恭平　TOKYO一坪遺産
坂村健　痛快！コンピュータ学
佐川光晴　おれのおばさん
佐川光晴　おれたちの青空
さくらももこ　ももこのいきもの図鑑
さくらももこ　もものかんづめ
さくらももこ　さるのこしかけ

集英社文庫　目録（日本文学）

さくらももこ　たいのおかしら
さくらももこ　まるむし帳
さくらももこ　あのころ
さくらももこ　のほほん絵日記
さくらももこ　まる子だった
さくらももこ 土屋賢二　ツチケンモモコラーゲン
さくらももこ　ももこの話
さくらももこ　ももこの宝石物語
さくらももこ　さくら日和
さくらももこ　ももこのよりぬき絵日記①〜④
桜井　進　夢中になる！江戸の数学
櫻井よしこ　世の中意外に科学的
桜沢エリカ　女を磨く大人の恋愛ゼミナール
桜庭一樹　ばらばら死体の夜
佐々木譲　冒険者カストロ
佐々木譲　帰らざる荒野

佐々木譲　仮借なき明日
佐々木譲　夜を急ぐ者よ
佐々木良江　ユーラシアの秋
定金伸治　ジハード1 猛き十字のアッカ
定金伸治　ジハード2 こぼれゆく者のヤーファ
定金伸治　ジハード3 氷雪燃え立つアスカロン
定金伸治　ジハード4 神なき瞳に宿る焔
定金伸治　ジハード5 集結の聖都
定金伸治　ジハード6 主よ一握りの憐れみを
佐藤愛子　憤怒のぬかるみ
佐藤愛子　死ぬための生き方
佐藤愛子　娘と私と娘のムスメ
佐藤愛子　戦いやまず日は西に
佐藤愛子　結構なファミリー
佐藤愛子　風の行方(上)(下)
佐藤愛子　こたつの人 自讃ユーモア短篇集一

佐藤愛子　大黒柱の孤独 自讃ユーモア短篇集二
佐藤愛子　不運は面白い 幸福は退屈だ 人間についての断章326
佐藤愛子　老残のたしなみ 日々是上機嫌
佐藤愛子　不敵雑記 たしなみなし
佐藤愛子　これが佐藤愛子だ 1〜8 自讃ユーモアエッセイ集
佐藤愛子　日本人の一大事
佐藤愛子　花は六十
佐藤愛子　幸福の絵
佐藤賢一　ジャガーになった男
佐藤賢一　傭兵ピエール(上)(下)
佐藤賢一　赤目のジャック
佐藤賢一　王妃の離婚
佐藤賢一　カルチェ・ラタン
佐藤賢一　オクシタニア(上)(下)
佐藤賢一　革命のライオン 小説フランス革命1
佐藤賢一　パリの蜂起 小説フランス革命2

集英社文庫　目録（日本文学）

佐藤賢一　バスティーユの陥落　小説フランス革命3
佐藤賢一　聖者の戦い　小説フランス革命4
佐藤賢一　議会の迷走　小説フランス革命5
佐藤賢一　シスマの危機　小説フランス革命6
佐藤賢一　王の逃亡　小説フランス革命7
佐藤賢一　フイヤン派の野望　小説フランス革命8
佐藤賢一　戦争の足音　小説フランス革命9
佐藤正午　永遠の½
佐藤正午　カップルズ
佐藤正午　きみは誤解している
佐藤正午　アンダーリポート
佐藤多佳子　夏から夏へ
佐藤初女　おむすびの祈り　「森のイスキア」こころの歳時記
佐藤初女　いのちの森の台所
佐藤真海　ラッキーガール
佐藤真由美　恋する短歌　22 short love stories

佐藤真由美　恋する歌音《カノン》　こころに効く恋愛短歌50
佐藤真由美　プライベート
佐藤真由美　恋する四字熟語
佐藤真由美　恋する世界文学
佐藤真由美　恋する言《コト》ノ葉《ハ》　元気な明日に、恋愛短歌。
佐野眞一　沖縄　だれにも書かれたくなかった戦後史(上)(下)
佐野藤右衛門／小田豊二　櫻よ　「花見の作法」から「木のこころ」まで
沢木耕太郎　天涯1　鳥は舞い　光は流れ
沢木耕太郎　天涯2　水は囁き　月は眠る
沢木耕太郎　天涯3　花は揺れ　闇は輝き
沢木耕太郎　天涯4　砂は誘い　塔は叫ぶ
沢木耕太郎　天涯5　風は踊り　星は燃え
沢木耕太郎　天涯6　雲は急ぎ　船は漂う
沢木耕太郎　オリンピア　ナチスの森で
サンダース・宮松敬子　カナダ生き生き老い暮らし
三宮麻由子　鳥が教えてくれた空

三宮麻由子　そっと耳を澄ませば
三宮麻由子　ロング・ドリーム　願いは叶う
椎名篤子・編　凍りついた瞳《め》が見つめるもの
椎名篤子　親になるほど難しいことはない
椎名篤子　新凍りついた瞳《め》　「子ども虐待」のない未来への挑戦
椎名誠　地球どこでも不思議旅
椎名誠・選　素敵な活字中毒者
椎名誠　インドでわしも考えた
椎名誠　全日本食えばわかる図鑑
椎名誠　岳物語
椎名誠　続・岳物語
椎名誠　菜の花物語
椎名誠　シベリア追跡
椎名誠　ハーケンと夏みかん
椎名誠　零下59度の旅
椎名誠　さよなら、海の女たち

集英社文庫　目録（日本文学）

椎名誠　白い手
椎名誠　かつをぶしの時代なのだ
椎名誠　パタゴニア
椎名誠　草の海
椎名誠　フィルム旅芸人の記録
椎名誠　喰《くう》寝《ねる》呑《のむ》泄《だす》
椎名誠　地下生活者／遠灘鮫腹海岸
椎名誠　アド・バード
椎名誠　はるさきのへび
椎名誠・編著　蚊學ノ書
椎名誠　馬追い旅日記
椎名誠　麦の道
椎名誠　麦酒《ビール》主義の構造とその応用胃学
椎名誠　あるく魚とわらう風
椎名誠　南洋犬座《なんよういぬずわり》　100絵　100話
椎名誠　春画

椎名誠　風の道　雲の旅
椎名誠　かえっていく場所
椎名誠　メコン・黄金水道をゆく
椎名誠　砂の海　風の国へ
椎名誠　砲艦銀鼠号
椎名誠　草の記憶
椎名誠　ナマコのからえばり
椎名誠　大きな約束
椎名誠　続　大きな約束
椎名誠　本日7時居酒屋集合！　ナマコのからえばり
椎名誠　コガネムシはどれほど金持ちか　ナマコのからえばり
椎名誠　人はなぜ恋に破れて北へいくのか　ナマコのからえばり
塩野七生　ローマから日本が見える
志賀直哉　清兵衛と瓢箪・小僧の神様
篠田節子　絹の変容
篠田節子　神鳥　イビス

篠田節子　愛《めで》逢《あ》い月《づき》
篠田節子　女たちのジハード
篠田節子　インコは戻ってきたか
篠田節子　百年の恋
篠田節子　聖域
篠田節子　コミュニティ
篠田節子　アクアリウム
篠田節子　家《や》鳴《な》り
篠田節子　廃院のミカエル
司馬遼太郎　歴史と小説
司馬遼太郎　手掘り日本史
柴田よしき　桜さがし
柴田よしき　水底の森(上)(下)
柴田錬三郎　江戸っ子侍(上)(下)
柴田錬三郎　宮本武蔵　決闘者1～3
柴田錬三郎　全一冊江戸群盗伝

集英社文庫　目録（日本文学）

集英社文庫　目録（日本文学）

集英社文庫

おれのおばさん

2013年3月25日　第1刷
2014年6月7日　第4刷

定価はカバーに表示してあります。

著　者　佐川光晴《さがわみつはる》

発行者　加藤　潤

発行所　株式会社　集英社
東京都千代田区一ツ橋2-5-10　〒101-8050
電話　03-3230-6095（編集部）
03-3230-6393（販売部）
03-3230-6080（読者係）

印　刷　大日本印刷株式会社

製　本　ナショナル製本協同組合

フォーマットデザイン　アリヤマデザインストア　　マークデザイン　居山浩二

ISBN978-4-08-745050-7 C0193